真实打动世界

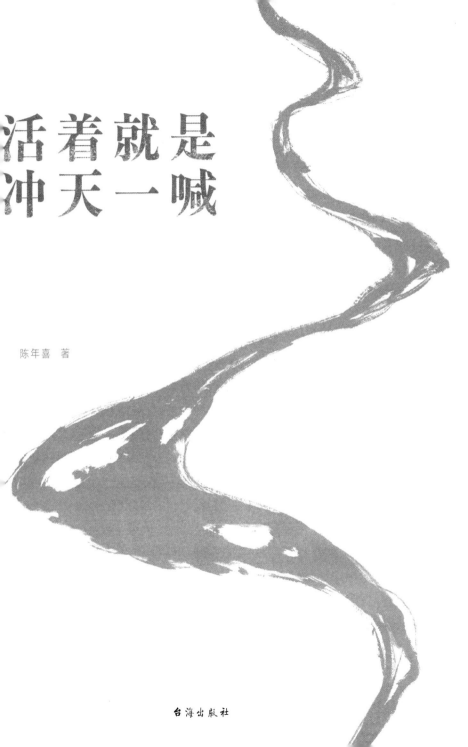

活着就是
冲天一喊

陈年喜 著

台海出版社

图书在版编目（CIP）数据

活着就是冲天一喊 / 陈年喜著 . -- 北京 ：台海出
版社，2021.6（2022.10重印）
ISBN 978-7-5168-2995-0

Ⅰ．①活… Ⅱ．①陈… Ⅲ．①散文集－中国－当代
Ⅳ．① I267

中国版本图书馆 CIP 数据核字 (2021) 第 076798 号

活着就是冲天一喊

著　　者：	陈年喜		
出 版 人：	蔡　旭		
责任编辑：	王　萍	策划编辑：	汪林玲　果旭军
封面设计：	阿　毛	版式设计：	曾　杏

出版发行：台海出版社
地　　址：北京市东城区景山东街 20 号　　　　邮政编码：100009
电　　话：010-64041652（发行、邮购）
传　　真：010-84045799（总编室）
网　　址：www.taimeng.org.cn/thcbs/default.htm
E - mail：thcbs@126.com

经　　销：全国各地新华书店
印　　刷：北京中科印刷有限公司
本书如有破损、缺页、装订错误，请与本社联系调换

开　　本：889 毫米 ×1194 毫米　　　　1/32
字　　数：163 千字　　　　　　　印　　张：8.375
版　　次：2021 年 6 月第 1 版　　　印　　次：2022 年 10 月第 6 次印刷
书　　号：ISBN 978-7-5168-2995-0

定　　价：56.00 元

目 录

CONTENTS

赶路的人，命里落满风雪

我的精神家园

代序：一个矿工诗人的下半场

卫诗婕

原文刊载于《智族 GQ》二〇二〇年五月刊

　　两年前我就想写陈年喜。这并不是一个新鲜的题材，早在 2015 年，爆破工陈年喜就因为写作诗歌《炸裂志》受到媒体关注，已经有了许多报道。编辑问我为什么想做，我记得当时给的理由是，"在矿洞里写诗很浪漫"。

　　"浪漫"是个主观的词，对大多数人来说只是个概念，对我也是。那时我二十三岁，见过一些悲惨的人与事，只凭直觉，想象一个人在一种压抑的环境中写作，有种残酷的、顽强的美。后来我觉得自己的想法有些轻浮，那些被人称许的诗意背后，是沉重、极强的疼痛，血和泪刺激出来的灵感。

　　2019 年的年尾，我如愿在贵州一处景区找到了陈年喜。他早已离开了矿山，远离了曾经滋养他写作的土壤，可他还在写，也因此痛苦。我记录下他的故事，有关生命之重和生命之轻，有关人的最大幸福与不幸。写完之后，我再次想起"浪漫"这个词，觉得在这个故事里，它指向一种生的勇气。在极其平凡、遍布枷锁的日常里，偶尔闪现的各类灵光——它属于我们每一个人。

"没有感受，我对那种经历就一无所知"

K508 从遵义开往渭南，十五个小时车程，硬座售价一百七十元。在沿途的三线小城，工人们登上列车，趴在桌子、箱子上，坐在自带的塑料桶上，铺一张报纸睡在地上。他们的嘴唇多是紫红色，手上有冻疮。指甲泛白，凹凸不平，有时是黑色——那种和泥土、水泥或是煤矿结合而成的黑色，窝藏在眼角、耳朵和指甲的缝里。热水和肥皂对它们毫无办法，每个清晨，黑垢会从皮肤深处像结霜一样泛出来。

"我坐过飞机，也坐过高铁。"几天前，陈年喜在电话里说，前者和慢火车上的人群差别如此之大——人们的穿着、皮肤、面色都不一样，甚至是眼神。五年前，陈年喜接受了一项颈椎修复手术，因为术后无法再承受劳力工作，他告别了矿山。我在贵州一处景区找到了他。

距离农历鼠年还有五天，我和陈年喜一起登上了 K508。此行的终点是他的陕西老家。

硬座车厢里没有充电插座。我来回地走，观察车厢里的每一个人：有人背着看不出颜色的麻布袋，有人穿着布鞋，有人握着非智能手机，整晚对着空气发呆。我记下他们的样子，第二天对陈年喜提起。听到一些细节时，他能够准确地分辨出这些工人来自哪里，从事什么样的工作——

川渝地区的人有洗澡的习惯，通常会带着一只水桶，火车非常拥挤的时候，人可以坐在桶上。爆破工的肤色常是没有血色的白，他们常年在矿洞里劳作，晒不到太阳；出渣工的手格外粗糙，一排炮爆下三四十吨石头，全靠人力运出，人们喝下很多的水，排出很多的汗，汗湿在衣服上，结下厚厚一层汗斑；还有管道工，因为常年暴晒，营养奇缺，他们的头发异常枯焦，面色像炭一样黑……

对了，如果他们中的任何一个随身携带锅碗瓢盆，那是打工失败的象征，伴随的常是沮丧和忧虑的眼神。

谈起这些，陈年喜滔滔不绝。眼前的场景一下子将他带回小煤窑的打工生活。这是他最擅长，也最愿意书写的人群。

红色窗花贴在车窗上。又是一个春运。铁老大给他的回忆太多了。有一年，他买了站票到喀什。人与人贴背立着，三十九个小时，他不敢吃饭，因为没法上厕所——厕所也站满了人。

一天一夜后，有的年轻姑娘满脸泪水，站崩溃了。

"我依然觉得我和他们是一个群体，同一个命运层次。"他指的是这个国家三亿的农民工群体。

2015 年的岁末，北京东五环外的新工人剧场，中国历史上第一场以工人诗歌为主题的朗诵会正在进行。几盏照射灯的聚焦和几十个观众的注目下，爆破工陈年喜走上台，背诵他在矿山里创作的诗歌。

"我在五千米深处打发中年 / 我把岩层一次次炸裂 / 借此把一生重新组合 // 我微小的亲人远在商山脚下 / 他们有病身体落满灰尘 / 我的中年裁下多少 / 他们的晚年就能延长多少 // 我身体里有炸药三吨 / 他们是引信部分 / 就在昨夜在他们床前 / 我岩石一样轰地炸裂一地。"（《炸裂志》）

学者、记者、工友都在台下，有人眼里噙满泪水。朗诵会激起不少讨论，甚至引起了国际汉学家的关注。陈年喜因此成名。之后的上百场采访里，曾有一个记者问陈年喜，为何要坚持写诗。他说：我写，是因为我有话要说。

今天仿佛哪里不同。三年前，一个老板为他在贵州提供了一份文职工作。这几年，陈年喜很少写诗了，"冲着稿费"，他在业余时发表了一百多篇散文——他必须不停地写，以供养还在上大学的儿子和承受来自家庭的经济负担。

多数写作还是围绕打工生活与矿工题材，可落笔时，画面不再清晰地浮现，没有了"想要诉说的感觉"。

2019 年 10 月，我代表杂志向陈年喜约稿。他写了一位朋友远赴中亚矿山的打工经历，后来他评价这次写作"充满隔阂"——"没有感受，我对那种经历就一无所知。"

2019 年，陈年喜书写的一个矿工故事得了非虚构写作比赛的奖。颁奖词肯定文章具有"细腻诗性的文本"和"质朴苍凉的蛮荒气息"。

同为陕西人的作家袁凌却在私下里对他说，你的文笔不错，但是写故事很弱。

"他说得很对。"陈年喜说，他对技巧没有概念，"我全是凭感觉写的。"

凌晨三点，列车开始穿越秦岭。驶过的地方一片漆黑，像极了陈年喜十六年的矿洞生活——有时帽上的顶灯灭了，只有靠触摸岩壁上的钻痕才能分辨方向，人就像这列钢铁之兽，要在黑暗中挺进几千米。

漫长的岁月里，陈年喜曾走在蜿蜒至渤海底的竖井之中，距离地面几千米的地心深处，走过陕北、河南、青海、新疆……足迹几乎遍布整个中国。

在南疆的喀喇昆仑山某处，曾有一个河南的爆破工决定离开。老板说，茫茫四百公里的戈壁滩，你走吧。河南人赌气，徒步走了。三天以后，人们在路边发现了河南人的尸体——被捅了两刀，死在路边，没有人知道凶手是谁——陈年喜写下这个故事，因为这段记忆挥之不去，某种牵挂在心里，"不吐不快"。

他怀念这种感觉。

宿命感

秦岭腹地，一个接一个的弯道通往峡河深处。过了丹凤，两旁的山上长满橡子树，据说国内酿造红酒的木桶都来自这种木材。现如今当地人已不准私自砍伐了。春天的山岭很绿，冬天很秃，四季分明。柿子在树顶冻成黑色的干。

车前经过一个老汉，袖子空着挑一担水桶。"那个人是在山西曲沃县，"陈年喜指着他，曾经也是位爆破工，"一条手臂被炸没了。"

道路两旁林立着各式的墓。墓的主人多是青壮年。陈年喜能就着每一座墓室说出背后的故事。这一座，矿上塌方，失血过多死了；那一座，上山摘蘑菇，中毒死的；最显眼的那一座，在河南灵宝金矿，洞子垮塌，兄弟三个同时被砸死了。按照本地的风俗，在外死的人不能进家门，三口棺材摆在家门口，大雨倾盆下了一个月。

类似的故事每年都在发生。消息总是散播在各类工地的饭间。兔死狐悲，人心里异常地悲伤。可还是不说一句话，各自散开，默默上班，自求多福。

七年前的一个夜晚，河南灵宝的矿山深处，陈年喜得知了母亲患病的消息，食道癌晚期。身无分文，也没有自由，坐在床上，他瞥到床边的炸药箱——他写下了《炸裂志》，写下自己"岩石一样，炸裂一地"。

爆破工的生活在轰鸣中度过。风钻机在岩石上打出两米深的洞，用铁管把炸药抵进最深处，留一根引线在外——引爆，震耳欲聋。放工后的生活却出奇地安静。

克拉玛依的萨尔托海永远是晴天。人烟稀少，信号不通。哪怕山上跑过一只羚羊，工人们都凑一堆，瞧上半天。宁静的生活只剩饮酒、麻将和扑克。

为了逃避某种麻木，每天下班后，陈年喜都会去一个废弃的工房，那里的墙上贴满了《克拉玛依日报》和《中国黄金生产报》。所有的墙面读完了，他用脸盆往墙上泼水，一张张揭下来，再读另一面。

读多了，工作时抱着风钻，思想却飘到很远，一些句子浮现出来，赶紧用笔记下。宿舍的床垫用的是废弃的炸药箱，床头放着笔，离开时卷起铺盖，密密麻麻，写了满床。

纸板在离开工地时都被丢弃了。陈年喜从没有想过，那些文字会引起别人的注意。他甚至刻意隐瞒着工友，"不想让别人觉得我很特殊"。坚持写作的理由很简单，那时他"感觉自己活着"。2011年，陈年喜开通了博客，一些深夜，他会在手机上按下白天想好的句子，互联网上，寥寥几十个阅读已经让他满足。

2014年，纪录片导演秦晓宇第一次在陈年喜的博客中读到《炸裂志》，当即决定要与诗的作者见面。他正在筹备一部工人诗典，《炸裂志》"一看就是一种中年写作"，带有强烈的沧桑感。他于是直奔矿山寻找诗的作者。

在火车站，远远地，秦晓宇看到一个人从台阶上走上来：

一米八几的大个子，浓眉大眼。"像秦始皇兵马俑一样，"他说，"这硬汉形象和诗歌里的力量感一致。"那天，他兴奋地给搭档吴飞跃打去电话，他们正在筹备的纪录片找到主角了！

纪录片《我的诗篇》之后，秦晓宇又跟拍了陈年喜两年。接触久了，秦晓宇才发现，陈年喜诗歌里的那种力量感只是表象——诗歌涵盖了他所有愤怒的表达，现实生活中，陈年喜几乎从不发怒。"他对命运一概接受，并不想要，或者说不相信能够改变什么。"秦晓宇概括这是一种"宿命感"，强烈的悲剧意识。

2017 年的正月里，北京五环外，皮村的剧场，陈年喜瘫坐在舞台上，边上坐着新工人艺术团团长孙恒。周围散布着空酒瓶子。

"孙恒，"陈年喜大着舌头，"我尊重是尊重你，欣赏是欣赏你，但我不认同。"2005 年以来，孙恒和朋友们创立了北京工友之家，他所倡导的新工人文化主张用"新工人"代替"农民工"的称呼——"让新工人留在城市，让他们活得有尊严。"他总这样说。

"我觉得新工人文化没戏。"陈年喜摆摆手。

那时人在北京飘荡。为了每场二千元的辛苦费，陈年喜参与了一档综艺节目的录制，为知名歌手的演唱写诗作词。有整整三个月，他什么也写不出来。

新春佳节，陈年喜窝在皮村的宿舍里，在电脑上玩蜘蛛纸牌。十六年的爆破生涯只留下了耳聋、胃病和颈椎错位，手术掏光了他所有积蓄，赖以谋生的本领再无处施展，"回到现实中，好像什么都不会了"。

孙恒在那时为他提供了一份志愿者的工作，随车队去北京各地运回社会捐赠的衣物，月薪七百。微薄的薪水无法养家，焦虑时，陈年喜总是对孙恒诉说。那天，借着酒劲，他再一次倾诉。

"陈年喜，"孙恒苦笑，沉默了一会儿，"三吨炸药没有把你炸醒，它把我炸死了。"

三年过去，孙恒离开了皮村，在京郊平谷的一处基地一个院子里继续办工人大学。他不再坚持"让农民工留在城市"，将目标改成了"帮助年轻人返乡创业"。在电话里，我们谈起他和陈年喜醉酒后的那番对话。

"现实是复杂的。"孙恒谈起这些年的无力感，他参与创办的、为农民工子女解决教育问题的同心实验学校今年只剩下三十个学生，随着各个工厂从皮村撤出，曾经聚集到一起的"新工人"又逐渐散开。

"我越来越理解陈年喜为什么会那样说，"孙恒说，"理想主义并不一定都能成功实现，我追求的是这个探索的过程。"

那个夜晚的最后，陈年喜留给孙恒一句话："我走了，去贵州给景区吹牛了。"

第二天，他踏上了去往南方的列车。

文学的使命

从遵义茅台机场坐车八十多公里才能到达"十二背后"景区。1月的一天，陈年喜带我逛了逛，喀斯特地貌，亚洲最长的溶洞。老板在这里投资了八个亿，景区内的酒店入住率却不到百分之十。他的工作是接待来自各地的领导和媒体，写公关通稿，偶尔老板出席活动，也需要他连夜撰写发言稿。

收入稳定，无须日晒雨淋——我以为文职工作对他来说会让乡人羡慕。

"没用，"他说，"回老家聊起来，大家还是比谁挣的钱多。"每月四千的工资勉强能够维持家庭开销，但没有养老保险，他必须为将来打算。一首诗即便在重要期刊上发表，稿费不过三两百元。"非虚构写作"则不同，一些媒体找陈年喜做特约撰稿，上千元的稿费让他心动。

有一个晚上，我们坐在屋里谈论非虚构写作。陈年喜并不清楚这究竟是什么，"中国的报告文学？"当你用职业写作者的标准衡量他时，他承认自己欠缺真正的调查研究能力。

编辑常要他多做采访，他不明白如何采访，这不是他擅长的技能，"我也没有时间，没有条件到处去找人采访"。为了稿费，他不得不长时间坐在电脑前搜索各类资料，以此替代采访。

"写不出来"的夜晚，抽烟抽得很凶。

从前在矿山，灵感像泉水一样涌上心头，只要把笔放在炸药箱上，一行行字就流淌出来。现在他努力地组织，却时常感到自己的文字"矫情"——"我仔细地回想这两年，没有新的体验，新的思考。"

为了找回写作的感觉，他看了三遍贾樟柯的电影《天注定》，仿佛痛苦更能激发表达和书写的欲望。电影里姜武扮演的农民，被煤老板的打手用棍棒击倒，村民讥笑他被打的动作像在打高尔夫，给他取了"老高"的外号。

"现实中真就是这样。"陈年喜瞪着眼睛说，人们常常互相伤害，互相取笑，互相攻击，"就能说出那种最伤人自尊的话。"他写过底层小人物的残酷，也写过他们的温情。成名以后，一些朋友疏远了他，很难厘清具体的缘由，"人家觉得你可能和从前不一样了。"陈年喜对此倒不是特别伤心。内心深处，他确信自己对底层依然有种"强烈的认同感"。

在贵州路边的小馆子，煤炉子上羊肉火锅咕咕冒着泡，下几筷子豌豆尖，陈年喜谈起莫言，那么直接地"书写肉体的痛苦"，最令他动容。他认为文学的使命之一就是应该书写痛苦。

"我是生活的深度体验者。"

一地霜白

"当下的纯文学都在讲要深入生活，很多作家技巧熟练，但匮乏体验，对现实世界缺乏关注，这点和工人写作者正好相反。"工人文学学者李云雷告诉我。一切要从 2000 年初说起，一批作家创作了大量以农民工进城为题材的作品，倒由此启发了工人文学——"工人们会觉得，我比你们更接近（我们的生活），我也可以写。"

但李云雷同时承认，工人文学同质化严重，"大家都写打工生活，能从中提炼、总结、反思的作品才能脱颖而出"。另一方面，信息和认知的局限使得工人文学很难跳脱出打工生活，"当然，每一种写作都有自己的局限性"。

特朗普当选的那个夜晚，陈年喜身在纽约的时代广场。纪录片《我的诗篇》来到北美公映，陈年喜受邀出席，团队拍下他的美国之行，用作下一部纪录影片的素材。

秦晓宇坦言，希望把对工人生活的探讨放在经济全球化的背景之下。

人声鼎沸，林立的高楼和巨型电子屏幕包围着游行的人群，有人狂热地庆祝、欢呼，有人哭泣。

随行翻译谢飞是个中文地道的美国人，他试图给陈年喜解释特朗普竞选的执政理念，陈年喜听得似懂非懂，提到创造就业与改善工人环境时，陈年喜一脸疑惑："听上去很好啊，为什么那么多人反对他？"

陈年喜并非对经济全球化一无所知。他知道使用着廉价劳动力的中国工厂将产品出口全球。来到帝国大厦时，他对谢飞说，他讨厌所有的巨型建筑——

"这个大厦里会不会有很多我挖出的钢？这些宏伟背后都是很多人的血汗。"谢飞心想，帝国大厦建于 20 世纪 30 年代，绝无可能使用陈年喜"挖出来的钢"，但他没有说什么，"他对具体的常识不清楚，但本质是很清楚的。他付出了努力和身体的代价，参与了全球化的运作"。

美国之行陈年喜没有做任何消费，只带回一些景区的门票做纪念。参加一次游行时，他对一个美国人手中的旗帜很感兴趣，便和对方攀谈起来。对方笑着要将旗帜送给他，他伸出的手又缩了回去，"不能要吧？这不能要……不能要。"最终还是拒绝了。

在旧金山棒球城对面的酒吧，旅程就要画上句号。第二天，谢飞将去别的城市探亲，陈年喜也将回到中国。一行二十天，借着酒意，陈年喜告诉谢飞，在北京，他没有工作，住在皮村——一个聚集着大量民工的城乡接合部，因为给公益组织做志愿者，他可以用很便宜的价格买到一些二手衣服，这些衣服被他成箱成箱地装回家，送给他的妻子、孩子和其他亲人。

"他说一直不敢告诉我（这件事），很在意我怎么看待他，会不会嘲笑他。"谢飞回忆，那一刻陈年喜有些脸红，说话带着小结巴，"他想让我至少了解他的生活是什么样。"

今年3月，我找到北大文学博士张慧瑜，多年来，他坚持为皮村文学小组组织各类讲座。"我们说的文学是五四新文化运动以来的文学。新文学表达的是现代的价值观：自由、恋爱、个人权利和价值，都靠文学来实现。某种意义上，出色的工人文学都具备这样的价值观。"

他提起自己印象颇深的一段话。因写作而引起媒体关注的育儿嫂范雨素，一夕之间成名，成为皮村的新代表人物。在一篇散文中，她解释自己之所以不喜欢接受采访，是"不想当猴子"——"工人写作容易引发关注，有其自身具有的猎奇性质和人们的歧视成分。就像范雨素说的，工人会写作就好像猴子会骑自行车。她说她不想当猴子。"张慧瑜说。

这番话也令我反思。人们欣赏工人文学时，是否逃脱开了刻板印象？写作是一种基本权利，理应属于所有人。回想起陈年喜的诗歌，使人印象最深的并非控诉，而是血、汗和情感的展现，他笔下的"我"不是一个自我矮化的打工者，而是一渴盼自由、情感和尊严的人。后来的一次采访，我问他，"文学能让你获得尊严吗？"

"尊严是个很复杂的东西。"他想了想，说，"当我是个看重物质的人，有物质就有尊严——我接受，我需要这种改善；可当我有独立的思想和精神谱系时，就也有尊严。通过写作、读书和思考，我就有了自己的价值和精神谱系。"

父与子

"儿子，你清澈的眼波，看穿文字和数字，看穿灰太狼可笑的伎俩。但还看不见这些人间的实景，我想让你绕过书本看看人间，又怕你真的看清。"（陈年喜写于2011年2月24日）

2018 年的春节，陈年喜带着儿子在家附近一个矿洞里走，又是漆黑一片。"凯歌，"陈年喜喊儿子，"爸爸当年就是在这样的地方工作。"

那时，陈年喜在劳动时就像疯狂了一样。有时带病工作，风钻机一起风，止不住地咳嗽，吐一口痰在墙上，痰里全是血。怕别的工友害怕，他伸手抹掉了，实在撑不住才去输液。

吃这样的苦都是为了儿子。可当儿子让他失望，一种彻底的徒劳感便会将他吞没。那次，儿子沉迷在手机游戏里，对他的话充耳不闻。陈年喜一把夺过手机摔在地上。手机背后的盖子掉在地上，屏幕上的人形还在叽叽地跑着。他不解气，捡起来用力一拧，手机折成了两半。人形消失，屏幕黑下来。

1996 年，县林业局决定向陈家征收罚款，理由是"房屋检尺超用"（把房子所用木材检尺与你已申请批准的采伐量对比超出的部分），罚款二千五百元。二十六岁的陈年喜还靠务农为生，束手无策。

老父亲带着酒和茶叶，屡次拜访乡林业派出所，想尽办法托关系、说好话，希望能"罚少一点儿"。疏通无果后，父亲决定认罚——卖掉家里耕地用的相伴十几年的老牛。

"我养你们四个，稍稍有一个在人前面是站得直腰的，我也不至于（这么做）。"——父亲的这句话让陈年喜难以释怀。很多年后，他感到一种相似的情绪。谈起儿子复读，为了准备儿子的艺考，他花费了近八万。

"屁用没有。"他生气地说。不知是生儿子的气，还是生培训班的气。

艺考成绩出来，三科共计一百九十八分，离分数线差两分。发送成绩单时，儿子用修图软件把一百九十八改成了一百九十九。末尾的9字尾巴更长，被陈年喜发现了，"仿佛一只发育不良的蝌蚪"。

父亲与儿子多次出现在陈年喜的散文和诗歌里。借助文字，陈年喜将没有宣之于口的情感传递出来。

"爸爸回了一句：我爱你！后面是三个飞吻的表情包，像极了三个熟透了的小石榴。"（《我在西安读艺考》，2019年）

年初一的中午，陈凯歌从舅舅家回来，吃了一餐午饭。

他的个头随父亲，是个高大白净的小伙，正在西安一所专科念大学。谈话时，他总腼腆地笑笑，"我没出息，只能让我爸妈失望的。"不难从谈话中感觉到父子之间的疏离感。每年回家，陈年喜与孩子相处的时间不超过三十天。

陈凯歌很少和陈年喜交谈，但默默读完了父亲推荐的《病隙笔记》。后来，我读到了他曾写下的一篇散文，名叫《老槐树》，文风颇似史铁生。小小的年纪也在用自己的眼光审视着这一切：农村日益凋敝，一户户人家搬离这里，去了西安、河南或是更远。老槐树安静地伫立，给他些许的慰藉。

笔触下藏着一个孩子的孤独。

那只被折成两半的魅族手机，碎片他还留着。高中两年，他省下伙食费，存够一千五百元买下了那部心心念念的手机。在老家时有时无的 2G 网络下，手机联结着远方，联结着他儿时的玩伴，有些提前结束学业，去了天南海北。父亲不会明白他的想法，陈凯歌也不想诉说。

村人要用六千块的价格卖掉老槐树。它曾陪伴三代人长大。合同签下后，老槐树的枝叶开始枯黄、败落。动工的那天，老槐树已经死了。我想知道这个故事是真是假。午后，陈年喜带着我去看望那棵死树。远远地，它像一副咖黑色的骨架，只剩一截树桩，歪斜在山坡上。

刀子和灯盏

有天下午，周书霞拿着扫把进屋，她把水洒在地上，压住蒸腾的尘土，枝条在地上摩挲发出沙沙的声音。过一会儿，她伸过手，放在丈夫的面前。冷水泡得皮肤皴裂了，豁开一道道暗红色的小口。

"这不是很容易解决吗？"陈年喜没有接过那双劳作的手，条件反射似的答了一句，"抹点润肤膏就行。"

借宿在陈年喜家的那几天，我目睹了这对夫妇的几次争论。每一次都以书霞的沉默和陈年喜的长篇大论收尾，后者稍显强势。我常联想起陈年喜所写下的一些有关情感的诗歌。

在烦琐的日子里，有时他的心底会突然闪现一种温柔的情绪，然后记录下来。多亏这些珍贵的时刻，让人有了"面对生活的勇气"。

我说，诗歌也寄托了他对生活的美好期望。他笑着表示赞同。山上有狼。野猪会在每个清晨出没在人望得见的地方，棕黑色的毛，有长长的獠牙，在湿润的泥土上留下一个个前深后浅的四边形脚印。

祖辈们为了防范畜生毁坏庄稼，就在山上搭窝棚，整宿整宿地看着。橡树的果实可以做凉粉。剥掉橡树的皮可以卖钱，好几年周书霞就带着儿子在暑假满山剥树皮，换来下个学期的学费。母子俩的肩膀都磨破了。

这里离峡河村常青组有七百八十米。

积雪正在融化。冬季的峡河断流。可到了雨季，浩浩汤汤的江水会发出这偏僻之地的声响。少年陈年喜曾对着这片河水怅惘。

"那是一个下午，天阴无雨，我背着书包，拎一只空空的菜桶从中学回来。从学校到家有三十里，菜桶被我用沿途的河水洗涮过三遍，洗涮过的带着菜星和咸味的水被我全喝下了肚子，可还是抵不住饿。"（《一包方便面的记忆》，2016 年）

据传，祖上是参与了太平天国的农民军，从安徽讨饭来到这里。因为位置足够偏僻，后来就不走了。这里是全国收成最差的地方。土地很少，一亩地只产三百斤麦子，麦子质量也不好，产出大多是麸子。

家门正对着秦岭山脉，天晴的时候层次丰富，尤其是春天，山花烂漫。年轻时，陈年喜常对着这里发呆，想象山的那边到底是什么样子。向西，再向西，是汉江。顺流而下就离开了大山，来到城市。

1991 年的冬天，正月里大雪纷飞。

翻过家门前的山，到了河南境内，陈年喜手持一本地图册，找到了洛阳，又从洛阳搭火车向东北出发。在洛阳火车站，从东北开来的敞口货车拉着松木，驰骋数日，松木上的雪都还没化。他在市场里花 38 元买了一件仿皮夹克和一本《百年孤独》，跳上了火车。五天五夜，才到达吉林。

像路遥小说《人生》里的男主人公那样，陈年喜一直渴望能娶一位城里姑娘为妻，借此离开农村。为此，他持续地写诗，报名期刊组织的文学函授班。

90 年代，城市的热潮已经转变为经商，深山里的小伙还陶醉在 80 年代的文学热中，相信文学能够改变自己的命运。那年冬天，他的初恋，一位从未谋面的笔友来信要他去吉林，信封里捎来了一枚银戒指。

初恋是甜蜜的。女孩把三毛的小说从市图书馆借来，整张整张地用笔抄下，厚厚一沓寄到陕西。

零下三十八摄氏度，他看见了女孩的家。东北一个普通的工人家庭，低矮的平房，一家五口人睡在一张通铺上。夜晚，超出床宽的脑袋枕在床边的凳子上，他感到浑身的热情都被浇灭。女孩痴心坚决，"我有工资，可以养你。"陈年喜却已经看到了未来——长此以往绝无翻身的机会。他咬了咬牙，说，算了吧。

"我们三个：老陈、老李、小宋 / 分别来自陕西、四川、山东 / 我们都是爆破工……有一回 / 我们喝高了 / 小宋唱起了山东大鼓 / 粗喉亢壮，鼓声铿锵 / 在古老的戏典里 / 做了一回武松 / 老李突然哭了 / 他说对不起小芹 / 说着说着他又笑了 / 他笑着说 / 人一辈子有了一回爱情 / 就不穷了……"（《意思》，陈年喜写于 2011 年）

书霞眼睛不好，看不清那几行小字。坐在屋里的小板凳上，我给她读陈年喜写下的诗歌：

"爱人，当你接过我流浪的双手，我猝然感到自己比鸿毛还轻，那双手里有我全部的黄金。爱人，十月庄重的天空下我比死亡更近。爱人，我用了二十年的漂泊，来换取你的一握，我点燃五千首诗歌，照亮你深深的居所，面对我纯金的爱，你要小心，你要把我牢牢牵在手心。爱人，我愿像一只驯良的小狗为你役使，为你占有。或者像水，一生一世在你的骨骼中行走。爱人，如果能拥有你，我愿意没有自己，是谁把我们一起带到今天，让我们成为彼此的刀子和灯盏。"

"就是这句，"书霞打断我，"'成为彼此的刀子和灯盏'，写得最好。"这首诗名叫《爱人》。结婚第二年，陈年喜将期刊上发表的这首诗，拿给书霞看。

书霞从前就在纸上看见过，却从没想过这是写给她的。

"我个子太低了，太矮了。"书霞不好意思地说道。前些年，常有人扛着摄像机来家里拜访，陈年喜对她说，有空也打扮一下自己。书霞感到这话是种冒犯——"怎么打扮？"她掸了掸身上的衣服，那身黑色皮夹克和黑色棉裤，黑色的齐刘海下眼里流露出倔强，"再打扮也就那样。"

内心深处，书霞觉得自己与丈夫有差距，至少在外貌上。常年在农田里的劳作使她的皮肤被晒得黝黑，在女人中实在难算作漂亮的一类。她试过穿起裙子，总感觉偷穿了别人的衣服，手不知往哪儿放。她因此拒绝参与一切应酬。

"真羡慕你们这样，能有自己的工作，经济独立。"书霞对我说。她没有工作，只有初中文化，却也不想成为丈夫的附属品。她坚持去料理农田，即使如今务农根本无法带来收入——"如果老了一无所有，几亩地就是我唯一的依靠了。"

那首诗被贴在摆放婚纱照的相框里。相框平日背过身地摆在梳妆镜前，书霞说是因为怕晒。相框上的红色条纹，颜色越晒越浅，已经成了粉红色。

她没有问过丈夫，娶她是否因为爱情。结婚时，陈年喜坚持要照婚纱照，这在当时的农村是件稀奇事。书霞觉得没必要，"花一百多块，是件挺浪费的事情"。

她拿出小心收好的照片。照片里，身穿粉色婚纱的她头戴粉色花束，陈年喜穿一身灰青色西装温柔注视着她。

命运的馈赠

山的对面是阴面，橘红色的桦树没掉叶子，远处看去毛茸茸的。再过一阵，茱萸、杜鹃和山桃花都会盛开，秦岭将迎来最美的时节。采访的最后一天，我们在陈年喜家的后山散步。连翘的花已经风干，变成咖色结在枝上，夫妻俩弯腰摘下。最近陈年喜常有咳嗽，"这东西治感冒效果很好"。

我走之后，陈年喜靠拿手工锄头翻完了家里的两亩地。每四五分钟，他必须停下来休息一次，"胸口要爆炸的感觉"。一个月后，商洛市医院里，大夫确诊，是尘肺病。

尘肺，因吸入矿物质粉尘引起的肺纤维化。病情不可逆，以目前的医学条件尚无法治愈。随着病情加重，最终可能引发呼吸衰竭而死。

胸部 CT 上，陈年喜的肺部显示有很多弥漫的阴影。医生没有开药，只嘱咐他：营养要跟上，别感冒。

其实不是没有预兆。从坐上火车抵达北方回家开始，他咳了四十多天。在镇上的药店里买了二百多块的药，全吃完了也不见好。仔细听起来，咳嗽声里有金属声一样的尾音，做医生的朋友对他说，要小心，这是肿瘤的信号。

离开医院，陈年喜步行了四五公里。脑海中想起了熟悉的人们：弟弟也是尘肺病，四年前一起在矿上干活，持续咳嗽了一个月，检查结果直接到了一期尘肺，现在在家靠拉三轮车为生；另一个同事去年死了，尘肺二期，临终前每晚无法躺平，每晚坐着靠在床头睡，最后，去医院吸氧也救不了了。

最近一个是妻子的表弟，死讯在几天前刚刚传来。他为此写下一篇缅怀文章，叫《表弟余海》，引言里他写道：这些年，每写下一个人物，我就死一次。

终于轮到自己了。陈年喜想，自己的宿命论终于得到了验证。最后，他想到孩子，还有三年才大学毕业，他决定今后每年只给孩子一万块钱。"差多少自己去打工，"他说，"我一定会出现丧失劳动力的时间，我必须有一点儿积蓄，也让他学会自己对自己负责。"

我们的通话在他拿到诊断报告的两个小时后，我是第一个知道这个消息的人。他还没有告诉妻儿。电话里，他平静地诉说确诊的过程，像是在诉说午饭吃了什么。冷静的语气让人吃惊。那通长达三个小时的电话偶尔出现短暂的沉默，大部分时间他在谈论对生活的见解，向我展示成年人的克制与体面。最终，我还是问出了那个想问的问题。

"你曾经哭过吗？"

"还真有。"没有任何犹豫地作答。

也是一个春天，4月，天气暖和。在商洛市的一家廉价旅馆里。入夜了，他坐在被窝，没有开灯。他以为这次陷入了人生的黑暗。几个小时前，医生交给他颈椎的 CT 扫描，以判决的语气告诉他，手术刻不容缓，不做很快就会瘫痪；但成功率只有百分之五十，一半机会他将瘫在手术台上。

他努力回想，从第一天到矿山，直至跑遍了整个中国，"九死一生"。到处找活计的日子里，人像流浪狗一样居无定所。在飘雪的腊月天，他和工友挤在废弃的厕所里过夜；在低矮的矿洞，他弯下一米八五的身躯坚持十几个小时的作业。所做的一切努力只是为了让后半生不那么匆忙。而现在一切宣布无效，昂贵的颈椎手术成为矿山留给他的遗产。

命运的馈赠真是残酷。想到这里，他号啕大哭。"这所有话没办法对任何人说，"陈年喜在电话那头说了很久，有关一个家庭奋斗多年仍然一贫如洗，也有关一个人面对命运的不甘，我安静地听着，"没有人能理解一个男人风风雨雨几十年，身体和心灵所经历的。"放下电话很久，我还在回想他说的话。那次脊椎手术成功了，他赌赢了。

如今的肺病好在还有时间。"未来日子多长不知道。"可以确定的是，要继续写下去。"必须按照节奏往前走，不可能出现奇迹。"

我想起一个夜晚，我们围坐在火炉边，柴火烧得噼啪作响。周书霞正往炉子里添后山捡回来的柴。柴被砍成小块，黑乎乎的，我以为是炭。陈年喜笑答，炭很贵的。突然，他和妻子一起背起了《卖炭翁》：

"伐薪烧炭南山中，满面尘灰烟火色……"

一个珍贵的时刻。陈年喜、周书霞和我，三个人齐声背完了整首诗。这对夫妇的脸上挂着微笑，背到末尾，他们感叹，写得真好。冬夜，窗外的雪是白居易的雪。

炸 药 与 诗 歌

确诊尘肺病后的日子

一

2020 年 3 月 23 日，是个好得不能再好的天气。

丹凤县元岭以北的峦庄镇，被本县人称作北山。农历的二月末，空气还有寒意，只有杨柳叶子们吐出新芽。比峦庄镇更北的峡河村，因为以橡树为主，山上还黑乎乎的。峡河水濒临干涸，断断续续，静静西流。

早晨起了床，我说："今天无论如何得去医院了，不然我得咳死。"

爱人说："要不要陪你去？"

我说："不用。"我心里说，万一情况不好，你还要在家筹钱呀。

刚过完农历新年，就开始一阵一阵地咳，开始一声两声的渐渐变得一声接一声，尾音常常带着尖厉的金属质地。在村卫生所买了一包治咳消炎的药，一直没有作用。春打六九头，正是季节交替的时节，我以为是天气变化造成的。在矿山干久了的人，都有季节病，春天多喘，夏天湿痛，秋冬腰酸背软。

症状五花八门，人各不同。

在县中医院挂了号，当班大夫问了情况，建议做胸部 CT 检查。已经有些秃顶的大夫已被职业消磨得少言寡语，但他还是提醒了几句：这个年龄的人，肺都脆弱，不敢大意。又说，CT 虽然贵些，比 X 光片强。

在等待结果的几个小时里，我一个人坐在走廊的塑料椅子上，心如乱麻。因为疫情的影响，往日闹如街市的医院门诊人很少，乡下还没完全解封，城里的人轻易也不敢出来。

即使患了这个季节占比很高的感冒，也没人敢上医院来看，怕说不清楚，与新冠扯上是非常麻烦的事儿。

天色正是中午，阳光从玻璃上打进来，在地上墙上形成各种图案。一个三角形的图影，那个锐利的角正对着我的脚。

我做了无数种结果的设想，还是把尘肺排除了。十六年的爆破工生涯里，至少做过十次胸部 X 光片，每次都没问题。两个小时后，大夫看了看片子，不容置疑：是尘肺！

仿佛五雷轰顶，一下子蒙掉了。我一下子想起很多人、很多事，有的与尘肺有关，有的无关，但都和死亡有关。

二

其实，对自己的尘肺病，我心里多少还是有些预料和准备的。2012 年，我在潼关零公里镇李家金矿整整干了一年巷道掘进。从 1 月到 11 月，与一群工友将一条巷道整整掘进了一千米。那是干得最踏实、最苦累的一年。

开工那天是正月初八。老板讲彩头，初八是个好日子。此前一天，我们五个爆破工由矿主领着去山下一家小医院做体检，医院虽小，却是专业做职业体检的医院。

拍过胸片，又做三高、传染病方面的检查，待这些结束，胸片也出来了。轮到我取片时，医生在一张报告单上久久难以下结论。过了好一阵，他说，没问题，有点儿炎症。我心里猛地"咯噔"一下，瞬间又释然了。

到了 6 月，有一天，突然咳嗽起来，我确定不是感冒，因为一直没有发烧症状。先是上班咳，后来下班了、吃饭、睡下都咳。自己到各个诊所买了很多药，吃了一阵，休息时不咳了，班上风钻开动就又咳起来。

那时候，还是导火索引爆，点燃几根索头，工作面立刻浓烟滚滚，呛得再也无法按次序点燃下去。伙计把导线从我手里接过去。我看见他的手一直抖，他还年轻，缺少经验。有一天，我抱着风钻，又咳嗽起来。消音罩喷出的冷风撞在岩壁上又反弹回来，它们钻进了我的喉咙和身体。为了赶进度，工作面两台钻机同时开动。

那一刻，我没有将机器停下来，这时机头发生了剧烈摆动，咳嗽与摆动，我一个也控制不住。突然钻杆折断了，机头带着半截钻杆冲向工作面，在岩石上撞击出一串火花后与前面的工友擦肩而过，大家都惊出一声大叫。

这一场咳嗽持续了四十多天，直到炸药供给不足，停产休息，咳嗽才停下来。从医生到我自己，都没有找到咳嗽的原因。那一年，我不满四十二岁，身体的底子还不错。读高中时，一直是学校的运动键将，一场篮球从早晨打到日落，打得远近无敌。那是我的第一次长咳，我也不以为意。

2016 年夏天，我住在北京朝阳区管庄的一家租住的公寓，又发生了一场惊天动地的长咳。2016 年，我在皮村工友之家公益机构做义工，同时有一个纪录片团队跟拍我的日常生活，他们有一位摄影师租住在管庄的一家青年公寓，我需要洗澡洗衣服时会回到那儿住一阵。

这位摄影师是江苏人，单身青年。有一天夜里，我突然接到他的电话，电话那头的声音极端痛苦而无力，他告诉我，他肾结石犯了，急需上医院。我打了快车从皮村赶过去。那一夜，他在民航总医院门诊的走廊折腾了一夜，天亮时，症状减轻了。我们身上都没有钱，没有开药，就又回到了公寓。

北京夏天的后半夜还是有些寒意。那一晚，我仅穿了短袖、拖鞋。半夜时分，外面下了一阵雨，雨不大，但气温瞬间降了下来。急诊室走廊里空空荡荡，带着雨腥味的风从那头穿梭到这头。雨水从玻璃上滑下来，在上面留下清晰的滑痕。

过了几天，我感冒了，先是发烧，然后是咳。我俩睡的是一张双层架子床，我睡上铺，他睡下铺。我咳得架子床整夜摇晃，发出吱吱呀呀的声音，他也整夜不能入睡，就起来在电脑上打游戏。

最严重时，剧烈的咳嗽声影响到了隔壁。那边是一对上白班的小夫妻，我一咳，他们就捶墙，可我怎么也忍不住，想天亮了说声"对不起"，又怕他们误以为我有传染病。

那时候，我才做完颈椎手术一年，也许是植入的金属片与骨头肌肉不那么贴合相融，后颈总是疼，咳起来，震动得更疼。那时也是我的经济状况最困顿的时候，孩子读高中，每天花钱，爱人租房陪读，老家县城两难顾。我再也无力去到矿山，而巨大的北京城，茫然陌生如外星。

我用身上仅有的五十元钱去社区诊所买治咳嗽药，他们开了单子，突然问有没有医疗证，我不懂。一位大夫解释说，就是社区的医疗资格证，要当地户口才有，否则药要贵一些。我无奈，只有悻悻而退。

我后来知道，尘肺病有五到二十年的潜伏期，我才想起来，从1999年冬天上矿山，到2016年夏，整整十七年。

三

2017年过完春节，经人推荐，我来到贵州一家旅游企业营销部门做文案工作。这是我漂泊生涯里最安适的时间。

我放下了诗歌，开始散文与非虚构写作。回望十六年，那些远走的人，那些依然挣扎的人，那些消散的往事，那无数以命相搏的进行时，每天像张张利口，撕咬着我。把他们写下来，或许能让自己透口气。

诗歌日益式微，书院写作与民间写作互不相让，在技巧艺术上，各走一极，在内容上各说各话，在浩如烟尘的当下诗歌篇章里，我们再难见到当下的世相与生活，难见巨变时代的世道人心。另一方面，散文与非虚构有更广阔的驰骋空间。从认识和呈现世界的意义讲，后者的成绩和影响远大于前者。但我又明白，自己是个散懒又缺乏毅力的人，也写不出什么名堂，写多少算多少吧。

我的第一篇非虚构作品《一个乡村木匠的最后十年》，写我父亲人生的最后十年里建一座庙的故事，我力求在一个人的生命风雨里写出一方乡土的面目。它发表在澎湃新闻的《镜相》栏目里。没想到的是，它获得了广泛的认可，有很多读者加微信支持、鼓励，也对我的生活和身体表达关切，这让我充满了信心和力量。

这三年里，我写了五十多篇散文与非虚构作品，它们长长短短，面相各一，都是我生命伸出的枝丫。一些发表在刊物，一些发表在公众号平台。每年获得稿费三四万元，使家庭经济压力稍稍缓懈。

我在公司的工作主要是写企业公众号的软文，其次是各类讲话稿、新闻稿、活动策划与方案。后者不难，难的是软文。

一百篇软文有一百个面目，要有新意、创意，去触动、激发客户内心最深的欲望。重复也是软文的大忌，因为公众号具有延续性，读者的眼睛在那里，在他们眼中，重复就是欺骗，最终受损的是企业产品形象与收益。

这些文章常常要求不过夜，我赶在发出时间前完成它们。推文写作的过程，也是了解亲近消费市场的过程。我关注了十几个旅游公众号，除了学习技巧，它们带我走遍了未达的山水风物。

我个人的创作大都在晚上，白天坐了一天班，下班后脖子很疼。我躺在床上，夏天开着电风扇，冬天开着电热毯，在平板电脑上行云布雨。我基本算一个懒散的人，只有有约稿时才会卖一阵子力。

如果晚上写得顺利，白天会去买二斤水果犒劳一下自己。贵州三年的时光，一如流水渐逝，没有多少波澜，也没多少痕迹，细小而混沌。

需要提一点的是，我与儿子的关系。这三年里，他从高中读到大学，我与他除了微信上的交流，每年只有短暂的寒假里见一次面。因为旅游业的工作性质，他在暑假等假日里时，我正在为服务客流而忙碌。

这几年，除了身高的变化外，儿子心理的变化也非常大。我发现自己和他日益变得陌生，除了经济的不自立，他不再是处处依靠我的孩子了，他有自己的世界。除了课程，他最大的爱好是手机游戏，甚至游戏对于他，比专业课程重要得多。我发现他喜好的游戏也在变化，早期是跑酷，后来是王者，后来是三国。

现在玩的游戏，我一点儿也不懂。他在挤挤挨挨的时间里低头专注地看着手机。他们是失却当下与乡愁的一代人，像鱼一样，记忆越来越短。或者说，他们的当下与乡愁已经换了内容和形式。

我在网上买了很多书，寄到家里没时间和条件读，其中有张承志与史铁生的书，我发现被儿子偷偷读了一遍。至于对他有没有影响，有什么影响，他不告诉我，我也不知道。

儿子是个"花呗青年"，也可能是花呗用多了，前不久写了篇《在富士康，我认识的工友们》，写他寒假里在郑州富士康打工时见到的工友的命运，他发给我看，让我帮助变现。除了标点符号和几个字词有问题，我很惊艳。后来这篇文章发在了"读库小报"公众号平台上，给了他五百元稿酬。

儿子并没有写作的理想，当然也看不出他有别的理想，对于他们这一代人，现实比理想更实在和重要吧。毕竟，没有任何一个时代像当下这样计划永远在变化后面跟跑。我也并不想让他去写作，这是个苦寒又沉重的事业。

那天从宝鸡住院回来，我看见，远远地，一个熟悉又有些陌生的身影从长胡同的那头走过来。他风华年少，身体充满了英气和力量。生活和到来的岁月向他逼近，他懵懂又隐隐清晰地走在内心和身外的世界里，像一株新鲜壮阔的植物。

一代人有一代人的命运，一代人有一代人承接命运的方式，或许，他会有自己的力量给这个无限世界一个不一样的解答。

四

我对尘肺病真的一无所知。其实不独是我，所有的尘肺患者都一样。在我老家这片方圆不到一百平方公里的地方，我知道有七八十个尘肺病人。

他们有的刚发现病情，一年半载就死了，有的发现好多年还活着。有的洗了肺，有的没有洗，有的吃着药，很多人没钱吃药。

洗过的、吃药的人并不比没医治的人减少痛苦或活得更长。这不是一个平常人能解答的问题，这是医学问题，而医学在很长时间里，并不是一个紧迫重要的学科。

5月27日，我从工作了三年的单位办了离职手续。旅游业受到重创，首当其冲的是从业者。那天下午，我一个人最后一次沿着儒溪河闲走，拍了一些照片，在朋友圈随手发出了一段话："在这个多雨的小城，这条并不喜欢的河边，留下过我太多黄昏时光，也留下了些许文字。人一辈子充满了开始和结束，而结束，比开始更具动力和张力。"

细思起来，开始在哪里，我并不清楚，并不是谁都有开始。

2006年，我曾在喀什的叶尔羌河边有过六个月的打工生活，对这片广阔的土地熟悉至细而心怀感念。

日夜奔流不息的叶尔羌河，从喀喇昆仑山飞奔而下，一路高歌注入滔滔的塔里木河，滋养了两岸的万顷良田，也沿途留下了数不清的玉石。翠玉、墨玉、玛瑙玉，最值钱也最难见到的是和田玉。

每年到了洪水期，有大量的当地居民到河边拣玉。他们似乎不懂价，卖得很便宜。那时候，也就是 2006 年春夏季，一块上好的一公斤的墨玉只要三百元。

我一直有个梦想，去那儿找玉石。

离职那天，又起了这个念想，但茫茫万里，物是景非，谈何容易。虽然充满危险和不可知，但也不失为一条活下去的路，冲着想象的巨大利润，冲着自身再就业的局限，如果某天实在无生计可为，我一定会去做。

我还有一个想法，也是最后的想法，就是去塔吉克斯坦干爆破工。

那里有我的朋友们，他们有的是老乡，有的是外地的昔日工友，他们对我的技术充满信心，我自己也一样，虽然已经离开老行业五年了。那边的山脉与喀喇昆仑山属同一个山系，岩石的脾性我熟悉至细。这些年，矿用炸材在工艺技术上也没什么改进提升，还是老一套。这一套我早已烂熟于心了。

重要的是能挣钱，手艺行有句话：长痛不如短痛，只要能多挣，拼命也值了。我的一位老乡，签的三年协议，如果顺当，三年后就是九十万。这是一个天文数，在国内，在任何一个行业打工都不大可能有这个收入。

这位朋友此前非常倒霉，十年前在灵宝包矿山工程做，干了两年，结账前一天，老板从自己家的三层小楼上摔下来，摔死了，无人可结的账就成了死账。

前几年他借钱买了辆大三轮，包了一片山林，伐木倒腾。开工不几天，伐树的一个工人被倒下的大树砸死了，他把三轮车卖了，也没赔够人家。穷人之穷，各有各的不幸，并非不努力。

五

2020 年即将过半，时间对一些人并不重要，因为今天和明天并无差别，对一些人特别重要，因为与生存相关，失去一天，就失去一天的机会。对于后者，他们只有生存，没有生活，生存与生活是不相同的两个场，二者相邻又十分遥远。

4 月，我在朋友的帮助下，在宝鸡住了十天院，十天院住下来，那两个梦想变得更加无期。后一个，错过了每年一次的招工；前者，叶尔羌河边的维吾尔族朋友举家搬到了乌鲁木齐。

医生说，尘肺病不是要命的病，要命的是并发症。我问往什么方向并发。他说不知道，反正有很多种可能。这相当于什么也没说一样。按照医生开的药方，每月需要三千元的医药费，我把四类药中的两种减去了，它们仅仅是平衡身体脏器的作用。既然有无数种可能，有什么能堵得住呢？

离我老家一岭之隔的河南卢氏县官坡镇，属豫剧的版图。二十年前，出过一个女包公，直唱到北京，后来体改，剧团解散，她去了深圳，再没了音信。有一年，官坡镇上几个年轻人与我一块在三门峡打工，干了一个月，老板跑路，我们空手还乡。

大巴车司机说，没钱也行，路上让大家热闹起来车票就免了。一路上几个年轻人给大家唱戏，《陈三两》《卷席筒》《秦香莲吊孝》，一路唱得大家热血沸腾、热泪盈眶。总之，那是个出戏人的地方。

我有一个新计划：去追踪这些戏人，写写他们的故事。这样的故事已经不多了。

今年家里种了一亩玉米，是我在宝鸡住院时，爱人在家一锄头一锄头地种下的。虽然除开种子化肥农药人工，收入是负数，却可能是今年家里唯一的营生。

还有就是家里的十几棵核桃树。

有几棵，因为土地搁荒，死掉了，被我锯掉，做了柴火。没死的，长得异常壮硕，叶子油浸过一样。今天早上，来县城前，我又去看了它们，核桃有乒乓球大小了。它们浑圆、翠绿、饱满，挤挤挨挨，像一颗一颗不透明的翠色的玛瑙。

愿它们成为 2020 余下时光的隐喻。

从疆南到甘南

一

我清楚地记得，第一次去矿山，是 1999 年的暮冬。那天，漫天大雪，天地白白苍苍。年关在即，过年的费用已是眉头大事，孩子一岁半，还在每天靠奶粉过日子。半口新牙，总去啃能抓到的吃物和疑似吃物。

矿山地点是河南灵宝秦岭金矿的朱阳镇王峪。后来知道那是整个西秦岭金矿中一个不足一说的平常矿坑。当时由家乡到朱阳尚不通班车，我们十三个人乘坐包工头的一辆平时用来拉生活用品和生产材料的吉普车，破旧得只剩一匹马力。

车斗被挤得外面用脚使劲儿踹才勉强关得上车门，由晨至昏，经洛河，过潼关，一路扬尘颠簸，天黑时分到达矿点，下车时，大部分人的脚腿肿胀到不能行走，大家互相搀扶着去到工棚。

这是一个接近山顶的矿坑，山顶那边，是秦岭西坡，从植被到烟火，是另外一个世界。峪口至此，两沿渣石花白高耸，不知道有多少矿坑在终年日夜奋战。北风如刀，山高月小，远近刀劈斧削的裸崖泛着白光。

先期到来的工人已经开工半月。它的名字叫"企业委十三坑"，原来是朱阳镇企业委矿口的一个，历经十几年开采，已经报废，由原本在这个矿口干小包工头的人承包过来。他是我的同学，他后来成为打遍天下的矿业主，沉浮胜败，兴荣亡辱，有无数后话。

我的工作是拉车，就是用两轮的架子车一趟趟地把爆破下来的矿石或废石拉出洞口，倒在渣坡上。矿洞内部四通八达，结构诡谲复杂，天井、下采、空采、矿仓星罗棋布如同迷宫。为了省电，巷道上不使用灯泡，我们在负重行走时脖子上挂着手电筒。那时间还没有蓄电的矿灯，我们每两天会领到两节电池，只有在不得不使用时，才会打开手电筒。

当时有五六个工作面，有两个段面在巷道掘进，一个采矿，其余的在翻挑已经废弃的采场矿渣，里面有一些遗落的矿石，品位不错。有经验的工人可以借助蜡烛的弱光发现矿石上偶尔的纯金颗粒，大如麦粒，小如针尖。这些矿块带到洞外的某些小店铺，可以换取一双袜子或一瓶高粱大曲。

有经验的老工人凭借微弱的光瞬间可以分辨微小的金粒与硫体的区别，令人惊奇。黑暗处常有领班的小组长监督劳动，发现并想私吞含金矿块的人得异常小心。

路途远近常常不定，我有时每天拉十趟，有时更多或少几次。巷道高低不一，有些段可以伸直腰，某一段只能半趴着前行。如果在低矮处需要歇息一会儿，只好仰卧在车子上让背部神经得到一点儿舒缓。架子车上的矿石或废石接近一吨的重量，拉车的人需要足够掌控它的力量和技巧。

那时候总是非常饿，下班吃饭成为最急迫的愿望。我可以每顿饭吃四个拳头大的馒头加一碗稀粥，有的工人则更多。好在并不限制食量，工头有一条标准是能吃就能干，饭量小的反而不受待见。

拉车最大的麻烦事儿是中途爆胎，巷道狭窄，车子、行人进出不绝，卡在路中是要影响整个矿洞一天的进度的。爆胎者急赤白脸地去外边背回备胎，但一人之力要替换下损坏的车胎谈何容易。实在一人之力无法替换时，如果距洞口不是太远，我会拉着爆胎的车子死命地往外奔，这样的结果是，待到了洞口，人和车子完全瘫痪外，还要招来修车师傅的一顿臭训。

工棚由竹竿和木棍搭架，外面蒙一层彩条塑料布，四圈压着石头，在背风处用菜刀拉一条口子就是门了。棚里的地上放几块床板，铺上被子就是床，别无他物。夜长风烈，半夜时彩条塑料布常被从某一面揭起来，冷风夹着草屑、雪花劈头盖脸而来，大家就用被子蒙着头，颤颤巍巍地到天亮，早晨露出脑袋，一床的雪花和枯草败叶。

山高气寒，雪总是经久不化，有一天早晨早起来上厕所，看见几个人从雪窝里拱出来，裹一身塑料布，他们是深夜偷矿石的人。那时，每到天黑下班，大家久久地不愿出洞，工棚里，那个空荡的冷，胜于雪窖，无法描述。

2000年春节前一天回到家，我挣到了五百二十元钱，那是我此前挣到的最大一笔钱。在交给爱人时，我数了又数，厚厚一沓十元、二十元的票子，一会儿多出一张，再数又少了一张，数到最后结果是一张不多，一张不少。儿子已学会了走路，他用口齿依然不清的小嘴喊"爸爸"。他的爸爸将在一天后的除夕之夜迎来他人生的第三十个生日。

凭着此次的积蓄，凭着一副好体格，凭着矿洞经验，我可以跑单帮了。

接下来的2000年春天开始，我几乎跑遍了西秦岭大部分的沟沟壑壑，并在多家矿坑找到了如意和不如意的活儿。

不过在这年冬天之前，我一直干着拉车的活儿，因为只会干这个。经我拉出的废石如果堆积一处，可以成为一座山丘，我拉出的矿石，球磨冶炼之后，可以使一个人穿金戴银吃香喝辣一生。

二

我前后有过十六年的矿山生活，十六年，说长不长，说短不短，正好是我此时生命的四分之一长度。现在回望它们，竟有些恍惚，仿佛那是一场没有尽头的虚虚忽忽的梦境。从东到西，从南到北，从炸药到炸裂，从青发到白头，这个过程颇为庞然。删繁就简，去芜存精，下面，我从距离今天稍近，因地理与生活因素记忆深长的新疆岁月说起。

就在一个月前，在家里翻拣一口纸箱时，我翻出了一个巴掌大的红色塑料皮小本。这是一本爆破资格证书，里面用汉语和维吾尔语双语写着我的名字和注意事项。一张半身头像已显黄渍。短发，青春，双目明亮，紧抿的双唇露一丝孤苦和坚毅。

日期是 2006 年 4 月，那时候，我拿到由新疆维吾尔自治区公安厅印发的这个册子时，已是二次入疆。至今，我共有六次入疆经历，三次北疆，三次南疆。奇妙的是，两疆所处时间几乎相近，结果也几乎相似：都没有完成心中希望的收成。内容最后一项是：持证人在离开工作单位时，须将证件交回注销。

在这一堪称严重的事项上我是违规的。那个早晨，大野茫茫，喀喇昆仑山顶一轮弦月白亮若羊脂。我带着三位工友，急急如漏网之鱼，实在不知道该把如此重要的证件交给谁。

我至今不知道那一次矿山打工的地名叫什么，只知道它的位置距一个叫库斯拉甫的乡镇十五公里。一条叫叶尔羌的闪闪发光的大河从镇边不舍昼夜地流过，据说它的源头在阿富汗的某处，据说沿途布满了黑白玉石和寻找玉石的人。那是我们整整半年矿山生活里唯一能见到人的去处。

我和我的工友们在这个乡镇上用每分钟付费二元的卫星电话和家里通话，报告欣喜和愁苦；去饭店吃十元一份可以随便加面的拌面和一元一只的馕饼；去看黑纱蒙面、两脚尘土的顾脸不顾脚的维吾尔族姑娘，而街后满树清甜的杏由青至黄的节序让我们知道了今夕是何年。

到这一年，我已做了四年爆破工，技术已非常纯熟。我因为帮助工队招到了五十名青壮工人而获得一个小组长的头衔，实惠是每月可以获得 300 元的领工辛苦费。

那时候，火车还没有提速，我们乘坐西安至库尔勒的绿皮火车，七十二小时到达冷风萧萧的库尔勒火车站，出站找旅馆休息时看见又高又远的天空蓝得虚无，十几位维吾尔族和哈萨克族姑娘喊我们擦皮鞋，她们不知道这群人身体内汹涌的瞌睡，远远凶猛于皮鞋上的灰尘。

又经过了一天一夜的火车加汽车，经过了阿克苏、喀什、专产削铁如泥刀具的英吉沙，到达阿克陶库斯拉甫乡时，正是 2006 年农历正月十九的黄昏。那是一个风尘漫漫含着苦涩味道的下午，它成为其后五十多人南疆矿山之行生活的某种隐喻。

三

这是一座寸草不生的荒凉的山脉，它的陡峭可以用举头掉帽来形容。因为经年的裸露风化，不时有石头滚落而下。我们到达矿坑的时候，远远地望见山下去往叶尔羌河拉生活用水的汽车小如一只甲壳虫。开车的司机是我的邻居，他十七岁。他是一位戈壁上驰骋飞扬的车手。他早我一年来到这里。我后来几可乱真的维吾尔语口语，是从他口中学得的。

这是一座铅锌矿山，共有三个矿口，一个掘进到一百多米；

一个四五十米；靠山顶的那口，十米不到。因为陡峭，洞口没有一星石渣，所有的渣子都下了沟底。三个洞口，三台柴动小型空气压缩机，都是每立方米二点五帕斯卡那种。上面的说明文字是俄文，风钻也是俄文说明，它们都是俄罗斯货。矿工程部看门的老头说，一个月前，是俄罗斯人在这里干活。矿山，是他们承包的，他们不会干矿山，只会吃肉，赔了好多钱，你们来了，这下好了。我也说，看我们的。

我被分在二号口，给我分配了十五名车工、两名爆破工和一名做饭的师傅。做饭师傅叫老申，2014 年，他死在了甘肃一个叫马鬃山的矿区，他的尸骨留在了那座只有西部地图可以查到的地方。索道，在西南地区因山高沟深被广泛应用，从坑口到山下长达八百米的索道就是重庆人的杰作。

它是一条生命线，承担着所有生活、生产资料的运输，甚至承担了语言的传递。这条索道上，发生过许多的故事，我来到之前和后来发生的，共有几十件之多，我想在以后的日子里，待我有了时间和精力，我要把它们一一写下来。

但那都是以后的事情了，能不能够，得看老天的意思。这里，我先说一件意外事件。故事发生的时间是 2006 年 3 月的某个傍晚，那时我正在阿图什接受爆破资格培训。关于资格培训要说的是，爆破证不是驾驶证和教师证，它只能一坑一用，在此之前，我已取得和作废了许多个资格证。

因为开采规模的扩大，原来的索道已不适应小打小闹的生产，需要重新架设一条规格更大的新线。承担施工任务的是重庆人，具体说是城口县黄其乡人。我后来到了城口，看见深沟大谷，男女行走如履平地。他们祖辈都长于干这种命悬一线的活儿。

矿山上的三个洞口，五六十个工人日夜都需要物资，所以现有的小型索道不能废掉和停用，而新索道的架设又没有更合适的位置，只能双轨并设，两条钢索相拢最近的地方只有二米。它们距最深的谷底高度有一千米，一吨的矿斗在滑翔时，像一只孤独飞逃的麻雀。事故就发生在距地面最高的地方，那是人束手无策的高处。

索道由一条主索和一条游索构成，主索负责承重，游索带动重物上下滑行。那一天，也并不是什么要紧的日子，唯一要紧的是三月不知肉味的工人们将有一顿有肉的晚饭。维吾尔族老乡不知怎么死了一头驴，就把驴拉到了矿工程部，于是工人们命该有一顿肉食。

当半头驴肉输送到索道的半程时，欢快的游索不知怎么一下子绕在了新架未启用的另一条主索上，任热水在锅里叫唤，任用尽了一切办法也分解不开。这是从来没有发生过的情况。所有的人抓乱了头皮。

这时，有一个人出现了，她有一米七的身高，一双含银藏雪的双眸，她是一个女人。她叫红梅子，姓什么，她没有说过，也就没有人知道。后来有人在一只暗红的包里见到了她的身份证，知道姓项，城口县黄其乡人，二十四岁。但早已没有了意义。

当红梅子乘坐一只备用的矿斗到达纠缠不开的游索缠绕点

时，山上山下的人都攥紧了拳头。落向喀喇昆仑山某山口的落日发出强烈的反光，耀得她的红色上衣更加鲜艳无比。但两索之间的距离有点儿远了，她伸出的手怎么也够不着。这时候，人们看见她打开了腰上的保险带，她的马尾刷地在风中飞扬起来，夕阳在上面镀上了缕缕金色。

她努力探出上半身，双手终于够到了游索。两条索绳在突然分开的一刹那，人们看见一个东西从空中掉落了下来，那件红色的上衣挂在矿斗边突出的插锁钢筋上，因风的鼓荡而艳美绝伦。那个下午，我坐在阿图什公安局某礼堂考场抓耳挠腮，有一道题卡住了去路：略论中国过去一年在世界困境下的经济突围。

四

在这里，我一直干到 6 月麦熟，从架设电线机械安装到巷道掘进，再到采区工程，后来因为无法得到工资不得不离开。那些工友有一些干到了年底，有一些一直干到了三年之后矿山倒闭老板血本无归。

直到如今，我也没有见到这整整半年的工资，它们是我众多次被欠薪中的一部分。因为半年的绝收，我不得不冒险去到了另一个地方，干另一份工作。金属的色泽和质地相去无几，但每一次追寻它们的过程都各有不同。

当我和刘建明翻过高高的铁尺梁，到达甘肃迭部县洛大乡的时候，已是 2006 年 10 月末的又一个黄昏，就像命运的特意安排，我们总是从一个个清晨出发，在一个个黄昏抵达。这是一个藏族乡，街道随山形地势而起伏蜿蜒。我俩跑遍了半条街，也没有找到一家汉族人开的饭店。最后在一家店铺买了几桶方便面匆匆填饥。这虽然属于藏区，但人们讲汉语，姓杨姓牛姓马等。

和老板电话联系，他在街后的山顶上，盘若线球的公路直达白云缭绕处，他的铅矿就在那里。他有事儿不能来，他会派一个叫马彪的人开三轮车接我们。

白龙江在山脚那边发着吼声向前奔腾，赶着与另一条大水接头。我们一路发现每几里有一个电站，每一个电站大坝都诞生一方碧绿的平静。我俩都已十分疲惫，但为了早一分钟赶到矿上，我们沿着绕山的公路往上走，这样来接的车子可以少跑一些车程。沿途苹果已熟，红艳若火，但味道很糟，酸涩不能咽。我们从一棵梨树上摘了梨，边啃边走。那梨大而甜，饱含的汁液充盈口腔，因吞咽不及而呛咳不止。

在一块稍稍平缓些的地方，有二三户藏族民居，木构青瓦，场里是一堆一堆架起的荞麦秸，正在依靠渐凉的天气风干，上面的籽粒饱满而密集。

来接我们的三轮车终于到了，马彪是一位魁梧的汉子，一口汉语要比小街上的人地道许多，此后成为我们的上司和朋友。车上有两只装了东西的袋子。一个女人坐在车厢的纸壳上，脸上两坨高原红艳若桃花，她风华正茂，乌发如墨。马彪说这是他的妻子。

　　道路随山形越来越陡，弯道更加急迫。更高的山头上，白云漫漫，有牦牛吃草，仿佛天上来物。天色渐渐转暗，三轮车风驰电掣。远远地看到了矿区了，那里已经灯火初上。我们听见了大机器的隆隆之声，这是我无限熟悉的声音，此后以至今天，它在我的身体里再未消逝。

我的朋友哈拉汗

一

第一次真正吃羊肉，是在南疆喀什所属的莎车县。

那是公路边的路边摊儿。时序是农历一月中旬，万物萧瑟，天晴着，刮着风，风在公路上打着旋儿，太阳一点儿没有力气地照耀着我们，很冷。

我们乘坐的大巴车靠着公路边停下来，路两边零乱地摆着几家路边摊儿，其实连摊儿也算不上，类似于内地后来时兴的烧烤车，顶着一把彩条塑料布遮阳伞，伞下支起一口热气腾腾的大锅，一张简单小桌，几只马扎，锅里沸滚着大块羊骨和汤汁。

胡杨木的柴火很硬，充满了力量，翻滚的汤汁把几块小些的羊杂和骨头顶撞得如水中漂木。

我们一群六十人，包了两辆大巴车，从喀什过来。上一站是西安，从西安登上火车是六天前的正月初五，但我们都觉得好像过去了很久的时间了。从喀什到莎车，大巴车走了五个小时，一路陌生风尘，一路颠簸，肚子都饿透了。我们都不懂维吾尔语，摊主基本没一个人说得全一句汉语，双方一阵乱比画。连比画加臆猜，羊肉和饼就上了桌。

我就餐的饭摊儿是靠西方向最尽头的一个位置，旁边有一棵枝丫八杈的杏树，干枝乌黑，还没有醒过来的样子，再往西，是一片杏树林。三个月后的一天，我又一次回到这儿，杏花开得无比繁盛妖娆，仿佛粉色的浮云，这是本地独有的杏种——甜杏。

摊主是一位小伙子，腮边的胡子很密，但还不是太黑，这是年轻的体征。让人惊讶的是，他的汉语像他的羊肉一样鲜美饱满。他可能是这些路边摊儿上唯一会汉语的人。他说他叫哈拉汗。他指了指远处灰蒙蒙的地方，说，我家在那边，莎车县城。我们才知道，这里只是一个距县城十几公里的人口密集区，一个乡村集市。

说第一次吃羊肉也不准确，十一二岁时在邻居家喝过一回羊肉萝卜汤，被尖利的碎羊骨扎破了喉咙，挨了父亲一顿揍，从此再也没有沾过它。哈拉汗的大锅羊肉不贵，五元钱一碗，一种阔口的碗，绘一圈维吾尔族特有的纹饰，像云纹又不是云纹，也不是缠枝莲，这种纹饰后来在矿山工地上使用的砍土曼上经常看到。

饼是死面饼，显然是为迎合大众口味进行了改良，不酥不脆，与在喀什吃到的馕很不同。羊骨肉质很紧，紧得从骨头上啃不下来。哈拉汗从屁股后面的刀鞘里拔出了他的刀，递给我使用。这是一把英吉沙小刀，三四寸长，削骨如泥。我把羊肉与骨粘连的膜一层层削下来，味道也不错。

我后来看到，整个南疆几乎没有什么草场，到处是戈壁滩，不是戈壁滩的地方都开垦成了农田，周围一圈杨树，中间种植小麦和葡萄。戈壁滩上草稞稀疏，羊群整天整天地啃，远远看着，不知道是在啃石头，还是在啃草。

羊群却异常壮硕。特别的气候，特别的草食，赋予了这里羊肉特别的品质。哈拉汗的羊肉没有一点儿膻腥味，嚼在嘴里非常紧实。这种紧实不是柴，不是夹生，是肉里的纤维感，密实、紧凑，纤维一层层叠压着、交织着，它们之间浸润了汤汁，仿佛织物间夹杂了五彩纬线，变得丰富而厚实。

我问哈拉汗，这里的羊肉为什么这么好吃？他有几分得意，用勺子给我加了一勺汤，说，这个嘛，就是秘密啦。又说，他们都没有我做得好吃，你真是吃对地方了。我俩相对一阵笑。我夸他说，巴郎子，好好做羊肉，将来把羊肉做到北京天安门去。他突然有些生气，说，我不是巴郎子啦，我都二十一岁了。

大巴车发动起来了，司机按住喇叭，催大伙儿上车。我们此行的目的地是一个叫库斯拉甫镇的一座矿山，从地图册上我们知道，那是喀喇昆仑山的一支余脉，叶尔羌河自那里流过。天光已过正午，太阳有了些力气，白亮亮的。一阵风赶着一阵风，在地上打着旋儿飞快地转动。细土飞扬起来，一部分撒进了冒着白气的羊肉锅里，一部分飞扬得无边无际不知所终。

哈拉汗突然跑过来，把那把英吉沙刀连同牛皮刀鞘递给我，说，我们是好朋友啦，以后来我家吃羊肉。我有些发愣，又有些感动。听说刀是维吾尔族人的吃饭筷子，是不随便送人的。

车子开动起来了，我仔细看这把刀，刀柄上嵌着牛骨，异常莹白光润，骨柄面上细细的纹饰，勾连缠绕。固定骨柄的是三颗黄灿灿的铜钉。而纯牛皮鞘经历长久汗渍和油脂的浸润，柔软、泛光。

二

库斯拉甫是一个维吾尔族乡镇，只有一条主街道，曲里拐弯的约一公里长，没有一座高层建筑，所以从东头一眼可以看到西头。叶尔羌河从喀喇昆仑山的一条峡谷奔泻而下，在街后面呼啸而过，最后不知道流到哪里去了。

河水两边的平缓地带是高高的杨树林，树干的表皮一律呈青灰色，树干笔直向上，密实又疏朗。树下，夹种着杏树、桑树。此外，有一些土地，从发黑的禾茬看，是麦田。

街道上所有的房子都是石头结构，墙上和屋顶抹了泥巴，水泥和砖显然离这里的生活还十分遥远。悠闲的居民们无所事事，杨树下呆坐或聊闲话似乎是他们主要的生活和娱乐。女人们头裹头巾，个头高挑，脚上全是灰土，她们的裙子哪怕一半是灰土，也漂亮极了。

这里干旱无雨。双语学校的孩子们见到陌生人，会远远地问一声"你好"。商店里的卫星座机电话四元钱可以打一分钟。

铅锌矿在离库斯拉甫街十里远的一条沟里，没有人烟，没有地名，我们叫它一号矿。矿洞在山腰上，因为寸草不生，因为陡若壁挂，远远看去像电影里暗堡的机枪射击孔，又像画上去的黑白素描。细若游丝的小路连接着矿洞与山下。山上面看不到房子，看不到帐篷，也确实没它们落脚的地方。

第一天上山，就有几个人下不来。山实在是太陡峭了，小路只能以盘旋的形式绕上去，而山体全是裸岩，许多地方窄得放不下一只脚。有几个地方向下看是万丈深壑，人贴着崖壁不敢看、不敢动。仿佛深壑里有一股巨大无比的吸力，要把人吸引下去。

上山时，手脚并用，你牵我拽，可以面壁贴行；下山就不行了，必须面朝外，必须看清每一步路。下到一半，我开始两腿发软，心跳如鼓，大家坐下来抽一支烟，再走。

老板说，不行就在崖壁上打膨胀钩拴防护绳吧。于是，安排了一拨人打钩拴防护绳，另外，一条高空索道也同步进行架设。矿山工程，交通保障是基础的基础。

时间不觉到了二月初，春气开始萌动。在沟底我们居住的帐篷边，草冒出细细的叶芽，一些不知道名字的小花朵也开了。空气也变得不那么干燥了，似乎含了水分子，大家每天赖以解渴的饮水量也减了下来。

六十多人是一支不小的队伍，不说别的，每天的用水量是一个巨大的消耗。沟底有一条细细涓涓的小河，它们从哪里流过来，不知道，据说沿着河谷往上走，可以到达塔吉克斯坦，没有人敢往上走，每天倒是可以看到边防直升机在遥远的上游天空巡逻、盘旋，经过我们头顶时，可以看到机身上的图案标志。

小河水异常清冽，但发苦发涩，不知含了什么成分，不能饮用，洗过的衣服，干了后可以站立不倒。吃水要用罐车到叶尔羌河里拉。

在叶尔羌河边，碰到了哈拉汗。

那天早晨，我和强子开着水罐车去叶尔羌河里抽水，在河边碰到了几个人，哈拉汗就在人群里。他们几个人从莎车县一路沿着河流寻找玉石。这里距莎车约三百公里，他们开一辆黑色越野吉普。

在库斯拉甫街上的小商店里，我见过这种叫昆仑玉的石头，基本分为墨玉、白玉和翠玉。卖得很便宜，二百到三百元一块，有脸盆大的，也有指头小的。

据说拿到喀什的市场就会身价百倍。据说它们生长于喀喇昆仑山的岩石里，随岩石被风化脱落，被流水冲刷下来。这个时节叶尔羌河沿岸已经开始拣玉了。

我们每天的任务是拉一罐车水供应工队的生活使用就行了，矿山的基础建设异常缓慢，矿洞的工作远远没有展开，为了把工人留住，老板也不大要求进度。强子发动水泵抽水，一罐车抽满，要抽两三个小时。我跟着哈拉汗他们去拣玉。

拣玉是个极枯燥耗力的活儿。叶尔羌河基本算一条季节河，枯水期河床收得很窄，很多地方会干涸，一部分河床露出来，这是拣玉的最好时节，但太冷，空无人烟，弄不好会把人冻死，所以拣的人并不多。拣玉人最多的是河水勃发的春夏季，新的玉石从山上被带下来，旧的河床被水流冲洗翻动。

玉石并不是人们想象的那样在河滩上明摆着，它们大部分隐藏在石头里，当然也有摆在明面上的，浅浅地埋在沙子里的，但那是极少的一部分，需要眼力和运气。这些拣玉的人，有的会说一点儿汉语，但说不大明白，结结巴巴的，只有哈拉汗汉语最好，所以只有他和我交流经验。

当然因为他，其余的人也十分热情。他原来读过高中，读到不想读了，就没去考大学。他的很多同学都考上了大学，有的在新疆读，有的考去了内地。

中间隐藏了玉的石头和普通的石头并无区别，鉴定的方法是用手去掂量，也有在石头的某一处露头的。露头的地方极不明显，这就需要经验判断。

叶尔羌河的源头到底在哪里，大致都知道的一点是喀喇昆仑山，但山那么大，是从哪块石头下面流出来的或者是哪座雪峰融化的，就没人知道了。虽然还是初春，河水已开始上涨，它裹挟着泥沙、败草、冷气以及上游的消息，莽莽苍苍，横无际涯，在河床上铺展得极其肆意。

湍急的波涛是直接的流速写照，浪花打一个旋儿就是十几米远。这群人拿起一块石头掂一掂，太轻，骂一声，奋力扔进河水里，石头被河水夹带着奔流好远，白色的石块在汹涌的水流里浮荡、旋转，许久才消失下去。

整整一个上午，我们翻找了差不多十公里河滩，什么也没找到，大伙儿都很沮丧，开始吃馕饼。我吃过无数北疆的馕，南疆和北疆的馕在形状上没有多大区别，有差别的是味道。两地阳光气候不同，小麦的成分就有了区别，哪怕是同样的手法烤制，味道也不同。北疆馕性软，嚼在嘴里极容易化；南疆的馕性硬，需要烤热了才好吃。大伙儿从周围拣来了树枝和败草，在河滩上烧起一堆火，边烤着馕，边吹牛。

这是一群年轻的人，哈拉汗不是其中最大的，显然也不是最小的。他们叫什么名字，我听不懂，也记不住。关于哈拉汗这个名字的意思，这次知道，是出身贵族或世家子弟才能叫这个名字，有点儿贵气。

我问哈拉汗，你家祖上出过汗王？他说，谁知道，我只知道我爷爷辈就是杀羊卖肉的。他们都有一口白生生的好牙，把烤得焦香的馕嚼得嘎巴响。他们一直在商量一个计划，问我要不要参加。

哈拉汗翻译给我，原来计划是这样的：在叶尔羌源头某座山上，有座玉石矿，那里的玉石应有尽有，价值连城。这不是传说，早几年有牧人到达过那个地方，并带回来了玉石，那是上好的墨玉，黑得像乌云一样。后来，年年都有人去寻找，有人回来了，有人再也没有回来，谁也没有找到那座矿。

他们商量的计划是，先开越野吉普车带上帐篷、吃的、水，吉普上不去了，改用骡子驮运物资，回来时，物资扔掉，骡子正好驮矿石回来。现在首先是买骡子，这需要一笔钱，可大家都没有钱。

说真的，我想参加，这是多有诱惑力的行动呀。但又觉得有些太冒险、太不真实了。我戴着一块野外用的电子表，日本货，带指南针，多少年从没怠过工。我摘下来说，我没有勇气去做这样的事儿，这块表给大家，到时候一定用得上。

<h2 style="text-align:center">三</h2>

矿山生产终于迈入了正轨，我们忙碌起来了。

整个三月，工人们都在安装新设备，拆除旧设备。一次可以承运三吨重物的高空索道已经架设完毕，除了人，所有的物资运输都可以通过它来完成。矿斗在钢索上来来去去，在地上投出飞翔的影子。在谷底安装了大型空气压缩机，气流用钢管输送到山上的每一个坑口，再用塑料管输送到各个工作面。

空气压缩机为柴动的和电动的，共两台。大部分时间用的是电动的，限电时，发动柴动的那台。柴动机器发动起来，声震峡谷，有时细碎的砾石会被从崖檐抖搂下来，像一道雨帘，或者惊起一只仓皇的兔子。

半山腰上共有三个矿坑，中间的那个，打到了三百米深；上边的那个，有一百多米；最下面那个，五六十米。未成形的，还有十几个。当初也不知道是谁在这里发现了铅锌矿，后来又是谁在这里开采，效益怎么样，这些事儿老板肯定知道，但他不会让我们知道。

老板是河北人，原来开采铁矿石，发了财，被招商引资过来。二老板算是我们的老乡，十几岁就出来混，终于混出了个人样。他是我们六十人的直接负责人。大老板住在喀什，应付大事务，很少过矿山来。

山上共有两台小型空压机、两台发电机，杂七杂八的设备一堆。这么简单的设备，干了这么大的工程，显然不是一年两年能干出来的，不过，从洞内的情形看，肯定没有挣到钱，因为只有主巷道，没有形成采矿的采场。采场都没有，哪里采矿去？那些没有多深的矿坑，相距也不远，显然是当时试探性掘进寻矿的结果。我们选了几个，做了住宿生活的地方，把地上的石块拣平了，铺上塑料布，摊开被褥就是床。厨房安排在岔道里。

我所在的工队最大，有三十人，宿舍也最大，从进门到最深处，有五十米，呈一个U字形。尽头的地方与外面山体打穿了，下面是万丈深渊。晚上大家不停地从那扇窗口往下撒尿，尿一直飘洒下了谷底，成为一阵阵雨雾。

开矿的行话说，兵马未动，粮草先行。这里的粮草，说的是炸药器材，岩石坚硬，六亲不认，它只服炸药。工人们在谷底按工程要求建炸药库，我和强子去喀什接受培训，考取爆破资格证。有了资格证，才能使用炸药。

三月未尽，喀什街上的人们已经穿起了裙子、短袖，天是真的暖和起来了。城边的杨树林绿了起来，那叶子，肥绿得像涂了羊脂。街街巷巷里人流如织，门店、街摊上的生意好得没法形容。人沐春风精神好，有钱没钱都想买点东西，消费消费，大方一把，把冬天节省下来的力量和激情释放出来。缩手缩脚怎么配得上这慷慨的春光！

培训班在市公安局礼堂举办，男男女女有三百人。我们才知道，原来南疆有那么丰富的矿产，有那么多的矿山企业。按培训课程的要求，两周学习，一天考试，考试合格者发证，考不合格，再培训学习。谁家孩子谁负责出费用，大家分散住在礼堂附近的宾馆里。

在爆破这个行业，我和强子做七八年了，经历过无数回培训、考试，算是老油条了。我们知道，不论怎么考，内容都大同小异。下午下课后，别人还在背答案、抄提纲，我和强子出去逛街市。

在此之前，我已到过天南地北很多地方，感觉所有城市的格局都是一个模子印的，建筑、饮食、人群、人的一言一行，这些几乎没有不同，而唯独喀什是与众不同的，从滨河路到人民东路，人民公园到西域大道，每一条街从格局到细节都不重复，每一种吃食色香味都努力显出差别。每一次出去，都会逛到很晚。我们深深爱上了这座风雨如幻、有着三千年记录史的城市。

有一天夜晚，在一家烤肉摊上，我又碰到了哈拉汗。我和强子刚坐下来，有人喊我的名字，扭过头，是哈拉汗。他和一群朋友坐在离我们不远的地方。

灯光不是很明亮，又人多嘈杂，进来时没有看见他。哈拉汗显得意气风发，他一下子抱住了我，把我抱了起来，到底是吃羊肉长大的，瘦弱的胳膊有的是力气。

他的衣服袖子捋得高高的，手腕上戴着我送他的那块野外电子表。他提议他的朋友们，为老朋友的相见干一杯，大家满上啤酒，举起来。他高兴地告诉我，去寻找玉矿的路费已经凑够了，马上就可以出发了。这次来喀什，是挑选最后几匹骡子和帐篷。

那个晚上，我们一直喝到很晚，吃了三百串烤肉，喝了五打啤酒。乌苏啤酒真有劲儿，喝得每一个人都晕头转向的。分别时，哈拉汗说，明天我们一块去看香妃墓。

查了地图，如果以人民公园为坐标原点，香妃墓正好位于喀什市的东北角。我和强子早晨起来请了假，前往香妃墓与哈拉汗和他的朋友们会合。强子迫不及待地说，这女人到底长啥样，为啥嫁了皇帝又回来了，放着穿金戴银的日子不过，这回一定要搞清楚。

太阳从东边升起来，该不该明亮的地方都明亮了，那些阳光照不到的角落和楼层的遮挡处，与阳光直射下的地方比起来毫不逊色。新疆的光线无比奇异，似乎每一块地方、每一个角落，距离太阳都是相等的。我们远远地看到一片杏花如海，在一处伊斯兰建筑群的中央，哈拉汗他们夹在人群中，早到了。

我说，对不起，让你们等了这么长时间。哈拉汗好像还没从啤酒中醒过来，话也说不清：我们也才到的啦。昨晚你俩就应该和我们同住，一块儿过来。哈拉汗今天带来了他的女朋友，一个大眼、高额的漂亮姑娘。

香妃陵墓占地面积很大，由门楼、大小礼拜寺、教经堂和主墓室等部分组成。正门门楼精美华丽，两侧有高大的砖砌圆柱和门墙，表面镶着蓝底儿白花琉璃砖。与门楼西墙紧连的是一座小清真寺，前有彩绘天棚覆顶的高台，后有祈祷室。

陵园内的西面是一座大清真寺，正北是一座穹顶的教经堂。主墓室在陵园的东部，是整个建筑群的主体建筑。主墓屋顶呈圆形，无任何梁柱，外面全部是用绿色琉璃砖贴面，并夹杂一些绘有各色图案和花纹的黄色或蓝色瓷砖，显得格外富丽堂皇、庄严肃穆。墓室内部筑有半人高的平台，平台上整齐地排列着大小不等的数十个墓丘，墓均砌以白底儿蓝花的琉璃砖，看上去晶洁素雅。

至于香妃的身世和故事，没有看到详细的介绍文字或画图。据说，她真正的葬身之地在河北清陵。总之，这是一个不幸的苦命女人。我想起多年以前凭着想象写的一首《在秋天的喀什看香妃》：

赶六千里路　来看你

我是安静的

我看山看水看尘埃的眼睛

几年前已经锈了

我要赶在它还没有盲瞎之前
看看不多的女子

可我能看到的遗迹实在不多
唯见一座荒陵立在喀什城东
陵前 全是深秋草木
三百年的流水已经脏了
这些景象令人悲伤
生前荒凉的人 死后也是荒凉的

历史凄迷 命运何尝不是
乾隆和清国我不想回望了
你出嫁和回乡的路血迹还在
我爱你身上的香
也爱你骨头里的霜雪
至今 它们还是白的

顶着秋风 我拾级而上
台阶落了秋叶 但仍是干净的
像你的一生 它一直向上
由尘世达到天堂
而我动荡的一生已经不多了
与之相反 是向下的

唯有得到的寂寞是相同的

秋天深得不见尽头
没有哪种事物是永恒的
唯有秋天贯穿我们一生
在墓地尽头 它更加干净而深远
无限地适合我们

诗中的情境与眼前之景相去甚远，倒是整个游览过程中的心境是相同的。我看见哈拉汗自始至终一直抓着女朋友的手，仿佛害怕女孩会变成香妃，被人掠走了。

四

炸药库建成了。水泥钢筋浇铸的主体，墙体差不多有一米厚，四周用沙石埋压了厚厚的一层，只留一道铁门露出来。它的里面还有两道铁门，指头厚的铁板门扇，拳头大的铁锁，身处其中让人有点儿瘆得慌。

规格是按照五吨炸药的储量来修建的，其实空间存放十吨也绰绰有余。四周拉上了铁丝网，门头安装了摄像头和报警器，守库员双人双岗，再配一条凶恶的狼狗，真正达到了人防、技防、犬防的三防要求标准。

罗罗和荣成做了库房管理员，他俩都是光棍身子，无牵无挂，这样的人才能真正心无旁骛地安心守职。按要求，炸药库应该修建在偏僻的地方，但上面说，本地安全情况复杂，又距国境线那么近，万一有什么问题，照应也方便，于是，它距工队大本营的工程部也就五百米，不隔山，也不隔水，一眼就可以望见。按要求，矿上不能存放炸药，随用随领，当天用不完，要回库。我每天都要从矿山到药库往返一两次，每次都要和罗罗下几盘棋，这也是他唯一的娱乐。开始时，我死活下不赢他，慢慢地，他死活下不赢我了。

哈拉汗在去寻找玉矿前几天，来找过我。那天也巧，我正和罗罗战得不可开交，大狼狗突然疯狂地扑咬起来。几十米外，哈拉汗和他的两个同伴各骑一匹驴子，驴子很矮小，他们骑在驴背上，两条腿拖到了地面，像驴子长了六条腿。

南疆驴子是荒野戈壁上有效的交通工具，关于它们，有许多传奇故事。故事之一是，解放西藏时，它们被征用为运输队，有两万多匹死在了翻越大板的山上，也从此成名。

没有人知道他们怎么知道了这个地方，是怎么找到的。整个矿区不通信号，我们的手机都成了聋子的耳朵，打电话要到十里外的库斯拉甫镇上。

哈拉汗是来给我送玉石的。这是一块真正的、上好的墨玉，它有一尺长，像一只扁形的冬瓜，很重，两只手抱着它，重到要把胳膊拽下来。浑身黑得没有一点儿杂色，细若羊脂。墨玉并不透亮，它像一个谜，没有谜底，又谜底无限，更像一只匣子，里面关着一团黑夜，和黑夜里无尽的时间秘密。

哈拉汗说，你拔一根头发，按在上面。我拔了一根头发，用两根手指紧紧地按在玉石上。哈拉汗的同伴之一打燃打火机，火舌在头发上舔，头发始终完好。他说，你看，这就是真玉。

哈拉汗和我抱了抱，打驴西去。驴声嘚嘚，在曲曲折折的河谷里消逝了。我把玉石装在矿斗里，运回了矿上的宿舍。从此，它成了我的枕头。夜夜枕着它入睡，像枕着一个人，又像枕着一个梦。这块玉石，后来离开得匆忙，被永远留在了矿洞里。

叶尔羌河发大水了。

库斯拉甫镇上的麦熟了。库斯拉甫镇上的甜杏黄了。

这些消息是从叶尔羌河里拉水的司机那里得到的。我们每天从矿上往四下里望，天地茫茫，不见一棵树，不见一个活物，不知道季节走到了哪里。对面远处的山巅上，早上一片白茫茫，下午一片光秃秃。日子周而复始，生活循环往复。

活儿干得异常艰难，上下的矿洞也掘进到了三百米深，一滴矿也没有打到。中间是我所在的矿口，上下、左右开了多条岔道儿，除了一星半点儿的铅花子，始终没见到矿脉层。工人看不到希望，趁早走了十几个。

老板也慌了神，找了工程师来勘测。从中国地质大学毕业的小四川，把山翻了个遍，皮尺拉断了几根，勘锤敲坏了几个，也找不出结果。最后说，往东打。东边山上打出了富矿，那里是河南人买下的矿区，虽说地下不分界，可两地相距好几公里。

往东打就往东打吧，钻机掉转方向。

也不知道怎么就感冒了。一天晚上起来撒尿，天上一轮清辉从石洞门上照进来，大地如同白昼。月亮又圆了，它那么近，那么安静，仿佛是重新换上的崭新的一轮，而昨天那个老了、旧了的月亮哪里去了？对面山上一条半脚宽的小路，恍恍惚惚，曲折盘绕，据说那是野狐的路，但谁也没见过它。

一阵风吹来，风已经凉了，虽然还没有力量，但其中分明夹杂了复杂的成分。秋天大概快到了。我打了个寒战，来不及尿完，赶紧跑回了被窝。天没亮，我开始发烧，舌焦唇干，浑身不自在。勉强起来吃了半个馒头，去上班。

按照测算，至少要打两千米才能打到东山下，这是一项巨大的工程，洞里使用不了三轮车这样的机械运输，全靠人工架子车一趟一趟地把石渣拉出来，进度非常缓慢。为加快进度，炮工、渣工都实行了三班倒制。

工作面两台风钻同时开动，消音罩喷出的白气又冷又有力，它冲击在洞壁上，又反弹回来，整个工作面白雾腾腾，像一个冰库，我浑身凉透了。我不住地咳嗽。三天下来，我再也坚持不住了。

有一天晚上，我做了个梦，梦见哈拉汗和他的朋友们终于找到了那座玉石矿，真是满山满谷的玉呀，白的，翠的，墨的，还有羊脂玉、玛瑙玉。他们驮满了十匹驴子。回来的路上，突然遭到了一群不明身份者的袭击，哈拉汗拼命逃了出来……

我惊醒过来，洞内漆黑，大家睡得无比安静。天光从洞门上透过来，白花花地投在地上、睡熟的人脸上。远处"哗"的一声响，渣工们倒下一车石渣。

五

秋天说到就到了。

秋天的到来和加深，是对面远远的山峰上的雪线提示给我们的。前一阵，雪夜里落，白天融化。早晨起来，对面山头白皑皑的一层，雪线还很高，只有山峰高处才有，到了中午，雪线慢慢收起来，收着收着，只剩下光秃秃的峰头。

再过一段，早晨起来，就看见雪线铺展下来，随日扩张。到了中午，雪线虽也在回收，但明显收得慢了，后来，干脆就不收了。像一个秃顶的人，慢慢蓄起了头发，头发一天天长长，渐渐垂肩。

这天早晨，我起得特别早，整个矿山还在沉睡中。做早饭的师傅倒是起来了，叼着烟斗，在通炉火。炉火腾起一股煤气，冲得他不住地咳嗽。夜班的渣工估计马上快下班了，倒渣的节奏明显快起来，这一车刚倒下渣坡，后一车就接上了，石块们争先恐后地奔向了谷底，腾起一股股尘烟。

接班的炮工班正好排到我，昨天那排炮用完了炸药。我拿了个馒头，边啃着边急急忙忙地往山下赶，去领今天一天使用的炸药。

谷底负责后勤的人睡得死一样静。空压机熄了火，天地无声。帐篷的四周铺上了一层白白的碱霜，篷顶上落了一层灰尘，有人在上面写了一句粗口。字很漂亮，在细尘中成铁画银钩。不知道是谁写的，也不知道他到底碰到了什么不顺心的事儿。

库区也静悄悄的，一只苍鹰停在天空，好长时间才挪一下地方。太阳还没有冒出山尖，有一道霞光从山后提前打在了鹰的翅膀上，像是鹰把太阳引出来的。罗罗和荣成估计正在睡觉。这两个家伙，工资不高，可以睡早觉。罗罗，我今天太忙，就饶你一盘，改天再收拾你吧。

从来凶神恶煞的狼狗也悄无声息，也睡着了？

这时候，我看见地上倒着一个人，离炸药库不远。是哈拉汗。

他的肚子上插着一把刀，刀柄华美，血正透过外衣往外沁。我惊恐地用手试了试他的鼻孔，还有气息。在路边，脚印杂乱，有点点血迹洒向远处。

天哪，夜里到底发生了什么事情？！

我拼命喊叫起来，整个矿区都听到了我撕碎的声音。罗罗和荣成提着裤子奔出来，同时也叫了起来：欢欢死了！欢欢就是狼狗的名字。

在医院，哈拉汗昏迷了一天一夜，我陪了他一天一夜，看着点点药液滴入他的身体。医生说，没多大事儿，只是失血多了些。半年没见，他的胡子浓黑了许多，倒显得更加英俊了。这半年里，他一定经历了很多事。

哈拉汗醒过来了。他拉住我的手，说了一句话：我没有对不起朋友！说完，又睡过去了。我感到那只失血过多的手，依然有力、温暖。

两天后，我听到一个消息，有几个人被抓住了，是他们毒死了欢欢。他们还交代了那一天晚上发生的事情，有一个人满腔遗恨地说，事情差一点儿就成功了。

　　差一点儿就成功了什么？我有点儿蒙，又隐约猜到了几分。我抬头看了看窗外，一排胡杨树正落下这一年最后的叶子。

小渣子

老鸹岔这地方的天亮得特别早。也不奇怪，山那么高，峰那么绝，和天离得那么近，突兀的一道屏障，空无遮拦，不早亮都不行。

这时候，远远地向山下望去，陈村镇隐隐约约，高的楼，矮的屋，庄稼与树木，分不大清楚，朦朦胧胧一片。唯一分得清的，是时不时的公鸡打鸣声。鸡鸣如一把新刀，从鞘里缓缓拔出来，在风里画一道弧线，那道弧亮而弯，像一支射偏了的箭，又"唰"地落了地。

鸡鸣十里，老天安排公鸡报晓是有道理的。狗叫也是听得到的，却远没有鸡鸣明亮、入心，像一盆少油寡盐的炖白菜。

巷道已掘进到了八百米，还不见一丝矿脉的影子，按那发黄的牛皮纸图纸资料，已经过线了，老板有些着急了。昨晚的生产会开到凌晨一点，也没个结果，最后不得不做出的结果是向北六十度急转。这是我的主意，其实这也不是我的主意，是王二的主意，我替他说出来而已。他对我私下说出的理由是，你听北面炮声每天那么急，一天至少三茬儿炮，显然是见着矿脉了，抢着圈矿呢。我也说，是见脉了。我没有对他说出来的一句话是，见鬼了，岩里头的事儿，谁能说得准呢。

因为急转，二米六的钎杆直接用不上了，要打套钎。我喊小渣子把两根一米的短钎杆带上，他答应一声听见了，就去换工作装了。我递一根烟给王二：你要北转，转不出矿咋办？他说不怕，转不出矿能转出活儿也行，收麦还早呢。

王二到底是哪儿的人，我也不大清楚，也用不着清楚，能搭伙就行。也确实，这老小子不错，能吃苦，脾气好，技术也好。这座山的石头硬得要死，掘进面没有十个掏心孔拿不下来。我俩每人抱一台钻机，掏心孔差不多都是他完成的。

他每天几乎九十度弓着腰，机器在怀抱里又跳又叫，嘴巴上叼一根烟，目不斜视。一弓就是四五个小时，孔距毫厘不差。麻黑的段面岩石上，规整有序的钻孔如一朵好看的素绘梅花。

小渣子是四川巴中人，那地方，和陕西隔着一道岭。他十七岁，原先是出渣的，嫌出渣苦，人也机灵，偶然碰到一块下班时，就替我们背着工具包，到宿舍抢着打洗脸水。我和王二就收下他做助手了。

第一个班下来，我说，二，小子行，给他开三千，王二说三千五，我说为啥多五百，他说他值多得五百，我想半天，说行。

小渣子跟随我们从三百米掘进到八百米，快五个月了。今天，他穿了一套崭新的军训迷彩服，领标都在，只是有些肥大，这是他一个月前下山买的，一直没舍得穿过。我问小渣子带了几颗钻头，他比画八颗。王二点点头，够了。我说今天活儿麻烦，渣子，你把空气压缩机调到八个。他麻利地奔去空压机房。

王二说，这小子机灵，下个月教他手艺。我说你别害人家，挣俩钱还是让他回去读书。王二把扳手一扔，屁，读书能咋的，能挣过咱手艺？说话间，气流就到了。风管像蛇一样跳起来，管头喷出一股白雾，气流吹得石头乱飞，我一把抓了起来，它愤怒地在空中乱舞。

我说今天我来打掏心，再不练练手艺就荒了。王二抓起钻机，先让小渣子开了边眼。按说急转，是要先剥邦的，就是在拐弯处形成一个宽大些的空间，不至于架子车因角度太急而进出困难，但任务紧，为了省事，就免了这套手脚，反正将来车子拐角不够，可以再补。

王二的机器消声罩吐出的气流直冲我的脸，冰碴儿打得我睁不开眼睛，我只得把帽檐压低。两台机器吐出的雾气让工作面伸手莫辨，我只有把头灯调到最亮，还是看不清钎杆和标杆的间距。在风压的巨大作用下，钎杆甩出一团弧光，如戏台上的飞舞银枪。这样很危险，弄不好就会窜孔，前功尽弃。

打到第六个孔时，还是窜孔了，钻头突破了两孔间的隔阂，拐了个弯窜到了另一个孔里。这种情况非常麻烦，边孔和辅助已经完成大半，重新布掏心孔将牵一发而动全身。我收了钻机的腿，扛住机头往外拔，钻机震得我头疼欲裂，钎卡一跳一跳地要脱落，钻杆只是空转，纹丝不动。王二说，把空压机停了，出去拿把洋镐来。小渣子停了机器，出去了。我说恐怕不管用，孔里全是石末子，钻头已经卡死了。王二说管用，递给我一根点着的烟。

小渣子把去了柄的镐反套在窜孔的钎杆疙瘩上，又插上一根钎杆去使劲别着，让镐孔的边沿部分死死地卡住钎疙瘩，王二抡起大锤在镐上向外猛砸，这就形成了巨大的向外拉力。这是我们惯用的方法，非常实用。

王二抡着大锤一气儿砸了二百下，汗珠四溅，小渣子被震得龇牙咧嘴，窜孔的钎杆依然纹丝不动，仿佛从岩石里长出来的一棵甘蔗。

王二大概也长不了我几岁，甚至并不长，就是个头比我高好多，接近一米九。这身高干巷道，真是活受罪，也不知道他的手艺是从哪儿开始学的，这些年是怎么熬过来的。爆破也是一个江湖，他在这个江湖上有些声名。

最传奇的一个故事是，他在塔什库尔干时，一人独战五个来抢炸药库的坏人。坏人抢炸药库干什么，长什么样，谁都不知道，但坏人有多坏，大家看了王二大腿上的疤都知道了。据说当时一把英吉沙刀刺进了他的大腿。

故事原因无考，但刀是真的，刀无槽，银柄，铁波银浪，纹饰美过所有工笔雕版画。王二老是用它下班了削苹果，有时也削厨房的大白萝卜解渴，我用它偷偷削过脚指甲，真的是削甲如泥。

老鸹岔是秦岭南坡河南灵宝段的一个山岔子，距华山不远。那天我从老家陕西来矿山，车过华山不久就看到它了。外窄里阔，像一把打开的扇子，一些扇条的顶端接着天际，云蒸雾绕。每条扇肋上都有不等的矿洞，白花花的矿渣流出好远，像一排排鼻孔涕泪长流，远远望去，却也好看。

我那天到的时候王二已提前到了三个月，他和他的两个伙伴三个月里掘进了三百米巷道，两个伙伴受不了石头的硬，骂骂咧咧地走了。那天王二劈头就问我，你怕不怕石头硬？我说我是石头它老子，不怕。其实我也怕，不怕是假的，我不怕，两只手的虎口怕。

我又从王二手里接过大锤，小渣子显然有些吃不消了，我每扬一下锤，他就"哎哟"一声，那川腔还带着童声的哎哟和大锤碰撞铁镐的声音搅在一起，有一丝说不出的涩苦味。那应该是若干年后一个成人才该有的味道。

我扔了锤，对王二说，不行了，崩了它。王二扔了烟头，也说，崩了它。崩了它，就是在被窜的孔里填上少量的炸药，利用炸药爆炸形成的后坐力，把钎杆拽出来。好处是省力，坏处是一根钎杆报废，这是万不得已的招数。

记得我初到矿山时，一律使用的是 TNT 炸药，那玩意儿爆炸性大，毒性也大。初开始，我还是架子车工，就是把爆破下来的矿石或毛石用架子车拉出去。滚滚烟尘里，和伙伴们装车、拉车，一趟又一趟。空气又热又呛，常常有人晕倒，倒下了，没倒的人就找来冷水在他头上整桶地泼。泼不醒，就装上架子车拉出洞口，扔在渣坡上让风吹，待一排渣清理完，晕倒的人也醒过来了，喝一大碗白糖水，躺下睡好几天，嘴里不住地骂，狗日的太毒了，太毒了。也有永远没醒过来的，也不知道疼不疼，一声不吭就走了。

小渣子从铁皮箱子里取来了一包炸药、一根雷管和一米导火索。他现在也是材料管理员的角色，腰上挂一串钥匙。只是他还不够资格，材料签收单上用不着他签字，也不用他负责。王二有些不高兴，用小刀割下一段扔向小渣子：一半就够了，真是败家子儿。

我低头看了看笔直的巷道，一眼可以看到洞口那拱形的亮光。光并不灿烂，有些弱，洞口对面山坡上，有要开未开的桃花树。旁边别的树叶子已经显绿了。显然，我们已经耽误了很久，我有些内疚起来，虽然这也是常常碰到的情况。

据经验判断，我们现在所处的地方已经到了山体的中部，如果直线掘进，再有八百米山体就可以打穿了。现在石头的质地、硬度、含水度也证明了这一点，越是山梁下面，石头硬度越高，同时承受的挤压力也更大，被挤变形。否则也不至于钎杆被卡得这么死。

王二一下子填进去了四管炸药，他是担心少了拿不下来。现在矿山普遍使用的是硝铵炸药，它产生的毒气相对小一些，威力却一点儿没有减弱。我再次看看笔直的巷道，隐隐有些担心，它爆炸产生的冲击波该有多大？沿着枪管一样的巷道，它的杀伤力将延伸到多远？

在若干年后使用导气雷管之前，干爆破的我们一直在和导火索的燃烧速度练速度，和爆炸产生的冲击波比赛跑。赢了，继续干，输了，就回家了。这家，有时在陕西、四川，有时在河北、山东，有时在很遥远的地方。

王二嗜酒，刀头舔血的人，没有几个不喜欢酒的。我初到的当夜，王二为我接风，三斤猪头肉、两瓶西凤和一包花生米，我俩一下子干到半夜。他用大杯，我用小杯，有点儿欺负他，他也不在意。东一句西一句地交流里，我知道他的历史大致如此：五岁爹死，十岁娘嫁，有一个妹妹已经嫁人，夫妻关系不好，三天两头闹离婚。

他喝到脸色发红，我也耳根发热时，他脱下皮袄，用筷子敲打桌沿，给我来了一段：

一见娇儿泪满腮，

点点珠泪洒下来。

沙滩会，一场败，

只杀得杨家好不悲哀。

儿大哥长枪来刺坏，

你二哥短剑下他命赴阴台，

儿三哥马踏如泥块，

我的儿你失落番邦

一十五载不曾回来，

……

是京剧《四郎探母》。

王二嗓音发沙，但音准不错。到悲怆处，突然拔高调门，低处时，似要断绝，越发显出杨门的忠烈和不幸。王二已显秃顶，只有胡子茂盛，一百瓦的白炽灯照耀着他发红的脸，荒山野水粗硬的风，早已削尽了他青春的颜色。他眼里有些悲戚。

我知道他已经走了，去到了另一个地方，那地方遍地狼烟，他正横刀跃马力挽山河，而江山破碎，残阳如血……

我突然无由来地想起了另一个人，曲从口来：

三更里英台怨爹娘，

只怨爹娘无主张，

不该将奴许配马家郎。

梁兄待我恩义广，

我待梁兄空一场。

……

那一天，小渣子还没有来，或者说，我们还不知道世界上有这个人，会在颇长的时间里，成为我们的一部分。那夜空空的帐篷只有我和王二，杯盘狼藉，最后我们都吐了一地，猪头肉的腥味，让大家多日都不愿进门。

小渣子接了电话，是工程部打来的，问怎么回事，半天不听炮响？他有些生气，把电话筒一扔，电话听筒像一只荡秋千的猴子，不停地荡来荡去，在石壁上碰了几下，终于停了下来。

一切妥当。

王二割导火索用的小刀却怎么也找不到了，他掏出打火机，点了十几下也没点着导火索头。我为他打着灯，看见他握打火机的手微微有些颤抖。这一刻，谁都紧张，谁都怕，不管你干了多少年，点燃过多少导火索。只有初入道的人才会没有恐惧感，那是还不知道怕。

有一年，在克拉玛依的萨尔托海，那是一口竖井，三中段巷道已经打到六百米深，矿很富，矿茬有两米厚，每天提上来的矿石有百十吨，选厂日夜加班也忙不过来。工人常常可以碰到颗粒金，大块的有赤豆大小，金灿灿的，纯度很高，拿到金店，直接能加工成饰品。

百十米长的采区，有近二十个溜矿斗，溜矿斗很陡，一开闸"哗"的一下就是一矿车，这一车推走，另一辆马上顶上。矿槽有一个问题，就是老堵，大块的矿石挤在一堆，都要下来，谁也不让谁。工人就用炸药包炸，用一根木棍，包一个炸药包，顶上去，点着，轰的一声，矿石就下来了。

后来矿上有了规定，除了爆破工，别的人不能碰炸药，矿部就让爆破工下井值班。那天正是八月十五中秋节，中午干活儿，下午放假，吃月饼和红烧肉。差几车才够八十车，就让一个姓李的下去顶炸药包。他用打火机点导火索，点了几十下，也没点燃，打火机受不了，不发火了，就打电话上来让放一个打火机下去。打火机才放到井口吊斗上，下面轰的一声。

上面的人下去一看，没见到人，只见汹涌的矿石已把通道堵死了，三班人日夜不停，扒通了巷道，见一个人完完好好地在里头坐着。他是缺氧死的。当时我在另一个矿口，离得不远，经常在一块儿打"三带"，总赢他的钱。

老板赔了十万也不知道为什么炸药包会自爆，其实我懂得，不是自爆，而是导火索内燃了，看着没有起火，其实内部已经燃烧。这是一种次品产品。有经验的人在不能确定导火索燃没燃时，会用手捏一捏，如果某截发热，那就是已经内燃了，得快跑。那是个假货遍地的年月，好多人命送在这类假货上，让你防不胜防。

王二是死在我手上的，也是死在他自己手上，我不该不小心窜了孔，他不该把导火索弄得太短。

我醒过来时，右耳再也听不见了，从此世上的许多话语，别人只能靠手来说出，我靠眼睛来听。

小渣子一直没有挣到钱，也就没有机会回去复读，他一直还待在老鸹岔，我第二年再返故地时，他已成了一名正式爆破工，嘴唇上一层薄毛，手下带了两个徒弟。原来的矿洞一直打到一千多米，七拐八弯，把山体打成了迷宫，一直没有见矿。老板倾家荡产，在陈村镇上开了一家小饭馆。被欠了工钱的，可以吃饭不要钱。这是小渣子告诉我的。

我们在另一个矿口再次结伙，他仍喊我"师傅"。

老鸹岔像一把打开的扇子，扇子的一头常年被云雾罩着，谁也没到过那些最高的地方。据说某个山顶有一座庙，叫狐仙顶，住着狐仙，狐仙有时会下山到陈村镇上购买些脂粉和鸡鱼，只是谁也没有见过。倒是漫山遍野，生长着许多香椿树，有说不出的肥嫩。工人们常常把芽头掰下来，炸面饼吃。为了保存，有时候会满满地窝一罐浆水菜，一直吃到来年花开。

德成

　　一晃，德成离开这个世界已经六年了。

　　我离开萨尔托海也整整六年了。天迢地遥，不知道它现在变成了什么样子。如果井架还在，那作为标志的旗子该换了多少茬了？竖井，也该打到千米了吧？在千米的井下，一群人又是怎样的生存工作情状？

　　北疆缺水，凡有点儿水的洼地都叫海，含着一种希望和寄托。萨尔托海距石油之城克拉玛依市不远，据说离乌尔禾区最近，我们那时候的吃穿生产之用都自乌尔禾运转而来，可惜我一次也没有去过。晚上，能看到远远的一片灯火，照亮大漠永远晴朗的天空，让人产生无限想象和神往。

　　那年，我们一群人初到这儿时，还有些荒寂。虽然这里早有开发，但规模并不大，当时只有一个半井口，一号井凿到百十米深，才见矿脉；二号井只是开了个头，井架都还没有立起来。我和德成被分在一号井。

原来井架设计的承载能力不够，无法满足大量矿石的吊运要求，大家首要的工作是把井架推倒，重新竖起一个新架。这项工作，整整干了三天。这里的六月，让我们真正领教了什么叫烈焰烁日。一种叫鹅喉羚的羚羊，有时候饮足了水，成群地站在远远的砾丘上看着我们工作。跑动时，它们的身影像风吹起来的塑料袋一样飘忽。

井下十分干燥，虽然是一百米的地下，却没有一点儿湿渍，每活动一下都会带起粉尘久久弥漫，在头灯的光带里，如一群细小的浮游生物漂移不已。竖井已经打到矿脉，近两米厚花白的石英石，上面硫星漫布，上下发灰的麻岩与它形成鲜明的分界线。界线处，硫体细如灰线，那常是金体沉淀集结的地方。

根据矿体色泽的润度判断，含金品位应该还不错。同样地，石头的质地细密，也显示出其硬度很高。眼下的工作是做采区工程，沿矿体的边缘拉一道平巷，供做下一步矿石爆采、出运的通道。至于巷道打多远、向哪里走，要看矿脉的结构走向。

矿工程部的李总说，一号井的矿体一直通到了二号井的下面，将来两口井是要打通的。某天吃饭时，我端着碗细细目测了两井间的距离，应该有五百米远近。二号井的井架立起来了，槽钢结构的钢架在阳光下散发着坚硬无比的光，逼得我的目光不得不躲开。

我心里默计，每月一百米的进度，两井打通至少需要五个月的时间，那时候该是年关了。

德成家离我家不远，骑摩托车快点儿三十分钟就到了。早年我们分属两个乡，后来撤乡并镇，成了一个镇的人。有一回送孩子上学，在学校的门楼子下避雨时我们就认识了。和石头打交道的人实在，话也不多，天天在井下，话多也没处说，说了，也没用。

这次，是我俩第二次搭档了。第一次是在天水，数九寒天，烧开的水被塑料管送到井口就冻成冰了，干眼打了半个月，每天下班个个成了白头翁，眼睛里能洗出一撮灰沙，我眼睛发炎到视物模模糊糊，实在受不了，我就回家了，德成一直干到第二年开春。

崭新的电动螺杆空压机非常有力，风钻在怀里被猛烈不绝的风压催动得暴跳如雷，似乎要从手上挣脱出去。巷道狭窄，只能单机工作，但消音罩喷出的气雾依然使巷道如同滚滚烟场，谁也看不清谁。我们都把头灯开到最亮。我操作机器时，德成就坐到一边休息，我俩彼此轮换。

岩石异常坚硬，每一个孔，都要更换两次钻头。由钎孔里流出的水几乎是清亮的，水顺着巷道，一直流到竖井的底部。那里有一个三米深的坑，水装满了，显得十分清幽，下班正好洗去手上的污渍。渴得极了，也会去喝一口，微苦中带着一股怪异的咸味。

机声隆隆，我还是能分辨出钻头在钻孔里与岩石的撞击声，脆生生的，如风吹万只金铃，一声未远，一声又赶上来。有时候后面的声音赶上了前面的声音，但两者绝不合一，它们各有其道，像一束光芒射向四方。在它们的声音之外，我还听到了另外一个声音，嘤嘤的，细如纤毫，似被风吹起，飘向无限的天空，又落在一个湖面上，那是二号井的钻声。两口井一天天靠近了。日子一天天流过。在这里，日子的流动是体现在风的变化里的，以白天中午为标记。初到时，流风似火，哪怕是隔着衣服，你也能感受到它的灼热。

过一段，它依然灼热，但你能感受到它的气势有变，像一头牛，虽然壮硕依旧，老迹已潜入肌骨毛色。再过一段，风似乎更加有力了，它可以吹折一丛骆驼草，但再无力使它们饱满苍绿了，热情与耐心已经不再了。

谁也没有料想到两口井会贯通得这么快，谁也没有想到会有这样的事故发生。那天，换好了工装，我找寻信号给家里打电话。我顺着一条丘陵状的沙砾带找啊找，一直到一个隆起的砾石丘上，终于找到了信号。我握着电话回头看，工地的小砖房显得影影绰绰。

在另一个方向，有人骑着一匹马蹒跚独行，因遥远而近乎一只乌鸦。那是哈萨克的牧羊人，他的羊肯定丢了。脚下，是一堆堆发白的鸟粪。这里没有树和崖顶，这是鸟们落脚和出发的地方。我听到了一阵炮响，闷闷的，紧密的一串，最后的一声，突然高了八度，地面也不那么震颤了。是岩石突然变化还是碰到了空洞断层？那里显然已经深入地下很远了。这是二号井的炮声。

回到了工作面，除了一堆碎石，一洞浓烟，灯光里只看见德成的一半身子扑在地上。那一天，萨尔托海西天尽头好大一轮落日啊，它无比轻盈、巨大、通红，在天际尽头的戈壁上飘浮、飘浮，久久不肯落下，又终于落下去了。

一生里，我再也没有看见过那么大的落日。

萨尔托海

一

北疆绝大部分地区都缺水，尤其是乌鲁木齐以西，凡有点儿水的洼地，常常被当地人称作海或海子，含着一种期望和寄托。有"海"的地方，就有人烟和牲畜。

我们到的时候，天已很晚了，四望不辨东西。远处的砾丘在未尽的天光下影影绰绰，偶尔有白影飘忽，那是被大风吹荡着、挂在荆棘上的编织袋子或塑料膜。目力极尽的地方，有一片灯海，据说那就是有名的乌尔禾。

三支井架呈鼎立之势，相距都不太远，直直地戳向天空。它们都挂着大功率灯棒，照耀得四周亮如白昼。罐斗上上下下，矿石不停地哗啦一声倾倒在矿仓里，腾起一阵白尘。

选厂的灯光更有点儿夸张，宣示着它作为工程生产的霸主地位。在料仓口，两个人抡着大锤奋力砸矿石，大锤高高扬起，重重落下，他们的影子在地上被灯光投成巨人，隔着暴扬的灰尘和机器声的帷幕，有如皮影戏的画面。

我们在铁厂沟吃的羊肉饺子，才两个小时，竟有点儿饿了。背包里还剩下火车上没吃完的半包花生，你一把，我一把，梁子和我一会儿就给解决了。

工头这时拿来一瓶酒，瓶子上贴着"小白杨"三个字的商标，说，喝两口，几千里路，都乏了，解解乏，早点儿睡。又说，他还要下井看看夜班情况。他是四川人，精瘦精瘦的。说完，带上门出去了。

这是一间地下室，十几平方米，不到五尺高，我和梁子都伸不直腰，但非常隔风，暖和。后来，我们才知道当地人称它地窨子。

有一天，给老婆打电话，说这回住得高级，是地窨子。老婆说，地窨子里没好人，你们可得当心，接着讲了一个有点儿遥远的故事。说有个山上有座庙，香火旺得不得了，上香的有男人，也有女人，女人都是富贵人家的妻妾，花枝招展，和尚们就起了歹心，在地下修了地窨子，凡姿色好的女香客就关进去，供自己糟践。

这事儿做得很神秘，好多大户人家丢了家眷却怎么也找不到人，后来事情还是败露了，被官兵一把火烧了寺庙。地窨子至今还在，唯周遭的草四季不死，人说那是浸染了阴气。

梁子是真乏了，不一会儿就打起了鼾声。我盯着天花板却怎么也睡不着。天花板是一排杨树干，再上面是芦草，顶上是沙土，不知道有多厚，但可以听到呼呼的风声。风一会儿从东往西刮，一会儿从西往东刮，有时候能听到东风与西风在地面碰撞、缠斗、撕裂，把一些东西推倒了，又把一些东西扶起来。戈壁隆冬的深夜，风是唯一的活物。

咚、咚、咚……接二连三的炮声，夜班爆破工上班了。我听见石块在空空的采场间飞起来，采场就在地窨子的下边。它们冰雹一样在岩石上撞击，有的力度很大，有的力度很小，有的发出呼啸声不知道飞到哪里去了。接着，鼓风机开动起来了。

二

离选厂五十米的地方，有一个水塘，那是选厂排出的污水沉淀而成的。池水不断被乱石沙土渗掉，活水不断注入，水塘因选厂生产而生，不久也将因矿山废止而逝。

水里面含了说不清的工业原料，但水色异常清澈，像一片小湖泊，也像一匹缎子铺展在地上。

我们每天上下班，进出罐笼时会远远地看见它。每天工作时间非常长，矿石硬得一根钻头钻到一半的深度就报废了，震得虎口肿痛，出了罐笼，人已经累得半死，看见那一方蓝玻璃似的东西，止不住长长地舒一口气，立刻轻松了许多。仿佛因为它，我们得以再次安然无恙。

有一种叫鹅喉羚的羚羊，经常到塘子的注水口喝水，那里是唯一不结冰的地方。它们一群群、一队队，像一群野孩子，一点儿也不怕人，但谁也近不了身。

萨尔托海早已没有了海，只剩一个空空的地名。除了这里，不知道哪里还有可供它们喝的水。

慢慢地，它们越来越多，白天来，夜里也来。它们跑动起来，像一道影子，忽闪而逝。在不远处的砾丘上，有人捡到过它们的角，细而长，坚硬锐利，简直可做武器。

梁子有一只相机，他说很贵，我们都不懂。他经常给我们拍照，一分钱也不收。相机用的是胶卷，听说也很贵。梁子好这一口，说钱不钱的无所谓。

他给我们拍了很多照片，吃饭的，出罐的，换衣的，打麻将的，荒天野地的，什么都有。

他给我拍过两张很有意思的照片，一张题着：长天落日圆；另一张题着：大漠孤烟直。苍凉的天空下，我无助地站在荒野里，背后是无尽的天空，像是失败归来，又像是要讨饭远行，神情里透着一股暮气。

它让我发现了我的神情与这片大漠如此匹配，仿佛彼此为对方而生。这些照片成为我在这里六个月矿山生活的唯一见证，可惜后来都弄丢了。

梁子说，我一定要把鹅喉羚的鹅喉拍下来。

确实，对于我们所有人来说，那个鹅喉是一个巨大的谜。谁都见过，谁都没有真切地看清过，它是怎样的结构，里面装的什么，成为巨大的诱惑。

但这是一个几乎不可能实现的工程，它比采场高空采矿作业都要艰难得多。鹅喉羚太机警了，它从来没有让人走近过。梁子端着相机，一有时间就守在坑塘边，他的耐心比一蓬骆驼草更坚韧。

有一天，我们放了假，炸药用完了。矿山放假是非常难得的事儿，不到万不得已是不会放假的。

梁子挎着相机，我骑着哈萨克牧人的摩托车载着他，我们去拍鹅喉羚。牧人们经常来矿上卖牛羊肉，或者来找放丢的牛羊，有时候，他们会四仰八叉地睡在空压机房的泥地上，天亮了不辞而别。

离年关还有一个月，天冷得要命。我们沿着各种蹄迹，骑过一座又一座裸丘，鹅喉羚的蹄印好像与羊群的蹄印并无差别。我们看见山坳里羊群在啃食草根，浑身污脏，像活动的石头。牧人睡在石头间，像另一块石头，看见我们过来，只是懒懒地抬一下头，又睡下了。

他们日复一日，每天都睡到太阳下山或羊群消失。直到下午，我和梁子连一只鹅喉羚也没发现。也许是天太冷，它们藏了起来，也许是摩托车声太大，惊到了它们。

我坐在丘顶上抽烟，山丘被常年的风吹得寸草不生，不仅没草，一粒沙子也不见。石片一层一层的，下面被风掏空了，它们层次分明地悬着，仿佛小型金字塔。石头大概含了铁，锈红色，上面落满了鸟粪。

我想起有一年在陕西安康看到的石板房上鱼鳞般的石板，

它们一模一样。梁子站在我身后撒尿，在戈壁旷野，撒尿一般是蹲下来撒，他没蹲。尿液被一阵风带到半空，它们飞过我的头顶、周围，在太阳光里晶亮异常，落下来时，变成了小小的冰粒。

直到工程结束，梁子也没有拍到鹅喉羚的鹅喉。后来某日，他的相机永远落在了池塘里，与泥沙金属混为一体。

那个黄昏，夕阳浓得像黏稠的胶水，涂满了戈壁和天空。野地里，不论什么样的衣服，什么样的物体，一律呈现出金黄，不是浓黄，而是浅黄，世界仿佛一帧老照片，陈旧又真实。

有人喊，鹅喉羚又喝水来了！

哈萨克人老哈，开动起摩托车载上梁子往水塘里冲去，既然无法接近，就强行接近吧。老哈其实不叫老哈，叫什么，我们都记不住。他在料仓口砸石头已经两年了，十八斤的大铁锤，被他玩得龙飞凤舞。他有个妹妹，经常骑马来给他送肉干。有人开玩笑说，把你妹妹嫁给我，他说，那是你们的事儿。那女孩子不说话，骑马绝尘而去，去了哪里，没有人知道。梁子和老哈箭一样飞过去，鹅喉羚箭一样跑开去。梁子挥着相机兴奋地大喊：这回拍到了，拍到了！摩托车返回时，冰面咔嚓一声破裂了。

梁子是个大胃王，在萨尔托海矿山的半年时光里，他吃光了我一次次从颇远的铬矿商店费力买回来的零食，大到面包，小到糖豆。他后来去了祁连山某地，捡到了一块狗头金，从此身价百倍，改了行，去了南方某城市，后来加入了摄影协会，天天培训班、研讨会，拍出的作品再无生气和灵魂。梁子原来是个有灵魂的人。

三

四川工头姓吴，他的工牌上的姓名栏写着：吴德。除了能挣钱，他喜欢赌博。他已经五年没有回过老家了。他从出渣工干起，再到领班、工头，这个过程堪比攀登天梯，在这里，老板已换过三任。这些，是别人告诉我的。

那时候流行诈金花，下了班，他就带领我们诈金花。有时候五毛起底，有时候五元起底，他大小都不论。但他老输钱，输了钱就拿一瓶小白杨或肖尔布拉克，一口气干了，睡觉。牌场上，大伙儿叫他"菜农"，我猜那是"送菜的"的意思，"送菜的"通着"送财的"谐音。

吴德死抠。比如爆破使用的导火索，长短不是我们爆破工做主，是他做主。该用一米五的，他裁成一米二，该用一米的，他裁成七十公分。看起来节省不了多大一点儿，但长年累月就不得了。其实包工头的利润差不多都是这样偷工减料节省下来的。我们干的是竖井，从采场到地面有二百多米，有一段要爬梯子才能到罐笼口。有几回刚到梯子口，下面炮响了，石头像蝗虫一样擦着我的屁股飞上来，我手脚并用，像导弹一样从井筒往外发射。

记得是腊月二十七的晚上。

那一年，腊月二十九过年，再有两天就过年了。矿量很富，矿石很硬，爆破下来的矿石块太大了，漏斗下不去，要解炮，就是在大块矿石上打孔，填上炸药，炸成小块。这本来是爆破工的事情，但吴德全揽了，他已经揽了好几年了。

那一晚上，他给六十多块矿石打了孔，装填了炸药，孔很浅，他就把导火索全裁成了一尺来长。他依次点燃，在点到最后一根导火索，刚转身，前面的炮响了，一块石头飞起来，穿透了他的胸口。

我们赶到采场，吴德还有一口气，采场浓烟滚滚，头灯的光柱无力地穿透尘幕里浮游粉物。我把他揽在怀里，用上衣堵住伤口。我紧张，心里更恨，问他，为什么要把导火索弄得这么短？他声音弱下去，但我还是听清了：这是没有办法的事情。

吴德的房间墙上，有一个玻璃框，里面有一张照片，一男一女两个少年人，笑得烂漫。背景是一块一块的高山稻田，稻禾在阳光下泛着金色，那是南国阳光难得充沛的秋天。我把它摘下来，挂在了地窖子里，因为那儿暗无天日，它一定会存放得更久一些。

在玲珑

一

想起这段故事时，突然想起来诸葛亮《前出师表》中的一句话：尔来二十有一年矣！是的，不觉间，那个冰天雪地的玲珑一夜，已经过去二十一年了。

那一年春天，我和一帮人流落到了招远玲珑金矿，其中有陈平、新有、老碗、黄毛以及黄毛他爹。我们从灵宝出发，过徐州、青州、淄博，站了一天两夜绿皮火车，到辛庄火车站时天刚蒙蒙亮，远远地看见渤海在远处荡漾。

海风很大，站前广场和马路像扫把扫过一样，这时候清洁工们还没有上班。这是我们第一次到山东，第一次见到大海。新有说，我们去看看海吧，大家说行。留下黄毛他爹看行李，老头子年轻时去过广东，是我们当中唯一见过大海的人。

我们一帮人往海边走。其实广场离海还有些距离，太阳还没有出来，但估计也快冒头了，大海在宁静中动荡，浪花波波有声，有大船远远经过。勤快的人起来了，沿途有灯光亮起。有人走路，有人骑车，汽车发着轰鸣。青春真是个好东西，三十多个小时没休息，我们还有精力打打闹闹，胡吹海侃。

五天前，也就是正月初十，我们在灵宝找了五天活儿，矿山、苹果园、饭店、游戏厅，都找遍了，还是找不到活儿。一年之计在于春，大家都商量好了绝不回去，不但不回去，今年还要挣出大钱。

我们自己买菜，自己做饭，在陈平姐姐开的小旅馆里住了两天。苦思无计时，陈平姐姐联系到了活路，招远玲珑金矿有采矿的活儿，工头是湖北咸宁人，在井下包活儿，很早就发了财，资金雄厚，活路好，工资高。

黄毛用旅馆的座机电话，把他爹也招了过来，他爹当年五十五岁，在村里干半死不活的文书。

天彻底亮起来了，经过一夜风吹，世界像新的一样。我只在若干年后的北疆萨尔托海见过这么明亮的世界。天空仿佛触手可及，又远得无边无际，它的亮度、透明度是我老家商洛山的三倍。

大海近在咫尺，我们小跑起来。按节令，还没有打春，空气异常凛冽，大家的头发、衣服被风掀了起来。

有一个声音喊我们：大兄弟们，吃饭了没有？我们都停下来，扭过头看。在路边，有一个小小水饺摊，摊上，有两个女人，一老一少，向我们招手。

摊子的红色大伞下，有一个煤火炉子，炉子上有一只钢精锅，锅里冒着热气，在冷空气里变成阵阵白雾。我们知道，那锅里煮着饺子。这时候，大家都感到饿了。

吃了水饺，大家依旧执意要去看海，仿佛千里辗转来山东，不是为了打工挣钱，是专门来看海似的。水饺摊的主人是一对母女，女儿堪称小镇的章子怡。她说她在玲珑镇邮局上班。

这一刻我们还不知道，半个月后，这个女孩成为我们与老家唯一的信息传达人。

二

这是一口有近千名工人的矿井。在此之前，我从没见过这么庞大规模的金矿，而且是一口竖井。

经过三天简单的培训、考试，我拿到了爆破工技术资格证。所有矿山对爆破工实行的是一坑一证制，离职，意味着证件失效。这是我拿到的第三个爆破工资格证书，此前的两个，随离职缴回了矿上。

在此之后到 2015 年春天因颈椎手术离开矿山，我共拿到过十一本爆破工资格证书。在我认识的爆破工人中，我是拿过爆破资格证最多的一个。但它们并不代表什么，除了见证一个人从业的持久与动荡。

每天早上八点，工人们排成两行，鱼贯进入罐笼，随罐深入到大地的腹腔——一千五百米的地下世界。第一只罐下到五百米处，这里是一个巨大的汇车场，一个枢纽，所有的重矿车在这里进入罐笼，提上地面，所有的空车从这里出发到该去的地方。

一部分工人留在这里工作，另一部分工人在这里换乘，下面还有两级罐笼，每级五百米深，到最后的工作面是一千五百米。陈平、新有、黄毛和他爹、我，都分在了这个工作区域，老碗分在第二级。我是我们中唯一的爆破工，陈平有点儿基础，做了我的副手。

在新疆鄯善县靠近火焰山的一处矿山，我感受过六月野地的燥热，从宿舍所在的地窖到吃饭的小食堂，来去三百米，拖鞋踏在沙地上的感觉，让我想到了电饼铛烤饼的过程。而一千五百米地心世界的情景与戈壁的夏天略有不同，那是一种闷热，人仿佛处在一只密闭的蒸锅里。

铁轨在这里四通八达，矿车在这里来来往往，推矿车的人一律赤身裸体，一丝不挂，只有脚上穿着雨鞋。在矿车提升口，放着一排五颜六色的塑料壶，它们大大小小、满满浅浅，各有其主。

当完成了一车矿石或渣石的输送，工人会提起属于自己的那只水壶，仰起脖子，猛灌几口。凉白开和汗水沿着身体流下来，从胸口到肚皮，画出条条斑痕。

新有、黄毛、黄毛他爹，我们每天早上在提升口分手，下午在提升口会面，有时他们早到一步，有时我们早到一步，早到的人会为迟到的人留下最后一口水。我们在这里穿上衣服，两小时后，在竖井口与落日或暮色相见。

我至今想不起老碗的模样来，只记得他很矮，有一点儿肚子。有一天晚上，我们睡在床上，身下的竹夹板硌得身上生疼。老碗突然说，我们还是跑吧！我们都说，为啥跑？我知道所有人都想跑，不跑的原因是工资还早，而且身上都已没有多少路费了。

老碗说，明天你们起爆时间定在下午五点，我再看一下。陈平说，你又不在一起干，你看啥，咋看？老碗说，我看海浪，你们就在海下面爆破，炮一起，海浪就跳起老高，我看是不是真要透了。

新有说，你别说得吓人，带班的说离海床还远呢！老碗说，还是小心些好，我注意几天了。说完，睡过去了。

五年后，老碗一个人到了郑州，给人安装高速路边的广告牌子，成了高空飞人。再五年后，他从铁架上飞了下来。去年某一天，我骑摩托车路过他的坟头，一树杜鹃开满了繁花。

岩石顽硬极了，钻头在石头上的反作用力弹回来，我的虎口生疼。此前，我习惯了使用马蹄形钻头，这里，使用的是猫掌形钻头，钻头的前端是五颗豆粒大的合金。

这种钻头的好处是不易卡住，坏处是进孔很慢。我们每完成一茬钻孔爆破，需要足足八小时。

在每次起爆前，我都会看看手里的罗盘，这是定向掘进必需的仪器，看罗盘是爆破工必熟的技能。看看那细小的经纬度刻线，我知道我所处的位置，心里有一些担忧。但对陈平，我什么也没说过。他还是个孩子。

有时候，恍惚中，我看见头顶上，巨大的珊瑚，蔚蓝的海水，黑头，小黄，梭鱼，它们激荡、欢跃。阳光铺在海面，一轮大船满载货物，驶往遥远的异乡或他国。

三

矿上没有水源，用水需要专门的送水人，每个工队都有一个或两个送水人。给我们送水的是一对父子，我们工队太小，承不住，父子俩就给另一个工队捎带着送，一趟水两家分。送水的父子就住在附近村子。老头说，这水，是自家的井水，可干净了。

送水车自然是三轮车，北方人称为三蹦子。三蹦子破旧不堪，车厢里安装一只巨大的铁皮水箱。水不满时，车走起来，水在箱里晃荡、冲撞，打鼓似的，带得车身左右摇摆。每天早晨听到隐隐的打鼓声，我们就知道，水来了。

送水的老头低个儿、干巴，他的咳嗽和他的三轮车声一样急促、沉重、传远。儿子挺壮实，有劲儿，敢把三轮车开到五六十迈。我骑过多年摩托车，知道车子什么样的声音是多少迈。

送水并不需要付现钱，记账。我们属于咸宁工头的下属小工队之一，水钱、粮菜钱自然由他来结，我们只负责赊账、记账。

我专门负责记账，有一个小本子，记得密密麻麻的。

我记账时，老头爱趴在旁边看，不是怕记错了，是看我写字。有时他会吧吧嘴：小伙子，字写得真不孬，是个文化人呀！

有一天，是个阴天，无雪，也无雨，但奇冷。我们住的是废弃的水泥砖房，风从檐口上进来，把石棉瓦揭起来，又放下，循环往复。

工队钻头用完了，新钻头还没买回来。工头说，你俩休息两天，伙食费我来补。我和陈平就在家里睡觉，刚睡着，门被推开，送水的小伙子喊我：师傅师傅，我爹叫你去我家喝酒。我有点儿发愣，说，喝啥酒？你要结婚？小伙子说，不是，去了就知道了。我回头对陈平说，你看家，我快去快回。出了门，跨上小伙子的摩托车后座。

这是一个小土院子，一溜儿院墙围着三间正屋。进了院门，是一面壁照，上面画着图画，说不清啥内容，也就不明白意思，这样的格局电影里见过。

老头招呼我在火炉子旁就座，炉子边是一张方桌，早已炒好了菜，一盘花生米、一盘萝卜片、一盆鸡肉，还有一瓶高粱酒。屋里别无他人，这是一对光杆父子。

我说，有啥喜事儿，这样破费？老头说，没啥喜事儿，喝了再说。我那时候能喝酒，一瓶秦川大曲，一口气能喝一半。坐下来，三人对喝。

老头不舍得喝，小伙子不敢喝，他一端酒杯，他爹就用眼睛瞪他，虽然只是一闪，我还是看到了。我知道，老头的意思是让我喝好。

喝着酒，老头问我，你知道孟良崮战役吗？老头红着脸，显然不胜酒力。我一愣，随即说，知道呀！他又问，七十四师是不是都战死光了？我有点儿摸不着头脑，心想：这老头是不是真醉了。

嘴里说，我哪里知道，不过，三万人，哪能都战死完，肯定有逃出去的。他又问：你知道新竹在啥地方？我更加迷惑了：那不是台湾吗？老头突然两眼放光：你这样说，这封信就是真的了。他从卧室里抖抖索索地拿出一个信封，里面有一封信。

信的大致内容是：侄儿，我还活着，民国三十六年五月孟良崮那一战，我们连队在桃花山坚守，部队都打光了，只有我和班长逃了出来，三十八年春天，我跟人到了台湾。我目前在新竹，无儿无女，现在大陆政策开放了，准备回国探亲，回来，就不准备走了……

老头吃一口菜，说，信上说的和老掌柜说的都对上了。这儿，把长辈叫掌柜的，我知道老头说的是自己的爹。老头接着说，掌柜临走时还在念叨弟弟，说肯定还活着，没想到真让他说准了。老掌柜是想弟弟想死的，如果早得到信，还能多活几年。我得好好送水，好好活着，挣够了钱，盖座小楼，叔叔回来了住。

十天后，我带着一班人终于跑路了，原因很简单，工资太低，而且到年底结清。工头对我们很生气，曾派人在车站拦截。其实，他没有付我们一分工资，没有任何经济损失，他损失的是一支队伍。不知道工队欠下的送水人的水钱付了没付，也不知道老头后来挣没挣够钱，盖没盖起小楼。

四

五个人终于达成一致意见——跑路！

在矿山，工人选择跑路是经常的事儿，当然也是迫不得已的事儿，没有一点儿此处不留爷自有留爷处的潇洒。

那一天，在推矿车时，黄毛他爹的手指被车轮轧了。矿车汇总到提升口那儿，在半道一个地方要变轨。变轨，就是将矿车从一条轨道上调改到另一条轨道上，这个活儿是个技术活儿，要手疾眼快，要精准狠。

矿车在高速行进中猛然用手搬动一小节活动的轨道，让它接住另一条轨道形成通途，这个过程与火车变轨一模一样，不过后者是电动，前者是手工。

黄毛他爹那天手有点儿慢，手还没有离开轨道，车轮就过来了，结果把食指轧掉了一截关节。黄毛他爹捧着血手找到工头，要钱去诊所包扎。工头正在打牌，说，给你们的生活费都花完了？工头每天给每个工人八元生活零花钱，油盐酱醋和头痛脑热用。

黄毛他爹说，我抽烟，比别人花钱多，一天不够一天。黄毛他爹用一只手攥着另一只手，另一只手吧嗒吧嗒地往地上滴着血点儿。黄毛知道爹疼得很，点一支烟塞在他爹嘴里。

那时候，谁受了伤，旁边的人都会点一支烟塞到伤者的嘴里，不管受伤者平时抽不抽烟，免得他发出呻吟。

这个方法很管用。工头说，只有五十元，二十元包伤，剩三十元就不用还我了。

晚上，大家商量怎么办，最后，大家的结论很一致：跑路！这儿结工资的惯例是月小结，年大结，谁也没有把握年底能大结，何况离年底还有遥遥十一个月。

但怎么跑？大家商量的结果是不能往回跑，以这儿为根据地，一部分人留守，一部分人另外找活儿，因为一旦停工，生活来源会立刻断掉，冻地寒天的，至少得有个睡觉的地方。

同时，大家也做了最坏的打算，如果实在找不到活儿，回家得有路费，大半个月了，鸡零狗碎，大家都没钱了。

新有家离镇上近，他给家里打电话，让家人通知每家准备二百元钱。但钱怎么能到大家手上？

当时谁也没带银行卡，于是想到了卖水饺的姑娘，从邮局汇款。此后半月里，那女孩子就成了我们与老家唯一的信息传达人。

其余人继续上班，陈平和我去找活儿。我们翻过高高的山梁，到了黄县。黄县是当地人的叫法，其实地图上叫龙口市，属烟台管，它与玲珑矿就隔着一道山梁。我们站在山梁上回看，渤海似乎更近了，蓝得像一半天空落了下来。

二十天没理发，陈平的头发脏得很，有些吓人，风把它撕开，它又粘连在一块儿。他的下巴钻出了黄黄的胡楂。二十年后的今天，他一个人到了印尼，已经是一位技术纯熟的爆破工。

山体的两边都有矿口，大大小小，洞口一溜儿的矿渣，惨白惨白的。我知道由不同洞口出发的巷道在山体里交错、相汇，各奔前程，组成了一片巨大的地下世界。

这个世界里布满了黄金、机器、汗水与生死。

每天晚上回到住处汇报情况，早上出发继续去找活儿。三天后，终于在山那边找到了活儿，装矿车出矿。

这是一家毁采的矿口，就是由内向外，倒退着毁灭式采矿，待退到洞口，矿洞就彻底沦为废洞。山的两边布满了这种废弃的矿口，有的用水泥封了口，有的张着巨口。

然而，两天后，我们又失业了，矿石没有品位，老板不干了。两天里，我们装了一百车矿石，老板将其中的一部分运到山下的选厂，只选出了三克金子，打一只戒指都不够。

离开的那个最后的夜晚，异常寒冷。时序正是农历正月与二月交接的当口，海风从两面吹上来，在山梁上交汇，把白天吹走了，把黑夜吹来了。

我们在梁边，商量今夜怎么度过。大家都想到了已经离开的那间宿舍。

然而下了山，到了宿舍门前，宿舍已经被上了大铁锁。

宿舍东边靠近山体的地方，有一间废弃的厕所。我们都十分庆幸，这儿待了二十天，鬼使神差地没有使用这个厕所。厕所无门，也无窗，有两块毛竹夹板靠墙立着。

若干年后，在某城市的建筑工地上，我再次看到了铺在脚手架上的竹板，它们一模一样。

竹夹板已经朽了，大概已经有些年头了，正好一块一块地掰下来。黄毛他爹正好有一只打火机。

火烧起来了，火光里，五张狰狞的面孔。这时候，外面下起了鹅毛大雪。火光从门洞扑出去，雪从天空铺下来，它们在空中、地上握手言欢，仿佛一对故人。

这是我见过的真正的鹅毛大雪，它们一片片、一团团，你追我赶，一些雪，追上了另一些，拥成一团，拥成团的，经风一吹，又散开来，分裂成数片。它们落在地上，在树枝上变成蓬松的晶体，晶面因火光而异常晶莹，那晶莹与寒冷很近，又很远。

从那时到现在，一个经历过无数大雪的人，再没有见过一场这样彻天彻地的鹅毛大雪！

铁厂沟的饺子

托里县铁厂沟镇盛产铁矿、风电、红花，也盛产饺子。

第一次吃到铁厂沟的纯羊肉饺子是十年前的事儿了。在此之前，我吃过东北蒸饺、甘南荞面饺、河南扁食，大尾巴狼似的四川云吞，那其实是饺子的一个变种。

作为一个走南闯北的人，那些年真是吃尽了天下面食。归结起来，南北面食都差不多，无非是做法与味道上的差异，而铁厂沟的纯羊肉水饺，那个好，没法儿说。

那个下午，雪下得有些突然。在奎屯下火车时，天晴得像水洗过似的。由于常年风的作用，街边的树一律倾斜，树都落光了叶子，而枝条，因吸足了常年的光照而苗壮。

它们伸展在天空，铁戈银戟，分明而苍劲。据说奎屯是有直发铁厂沟的大巴的，车次少，没赶上，我们包了车，过克拉玛依往矿上赶。

来迎接我们一群人的是我的初中同学天明。三年前，他随一支工队来到这儿，血肉打拼，如今是一个坑口的负责人。他在铁厂沟一家饭店等待已久，并为我们点好了饺子。铁厂沟镇并不大，与所见到的所有街镇并无不同，现代而古荒，繁华又破旧，区别在于，这儿的饭店比商店还多，街面巷陌全是夸张的招牌，都以水饺和拌面为主打。

天明说，大家可劲儿吃，到了矿上，是吃不到饺子的。他为我们每人点了一斤半纯羊肉水饺。那时候，我们都是好吃家。水饺的皮儿很薄，盛在一只只长方形的、雕着纹饰的不锈钢盘子里。饺子是干饺，北方人的常规吃法，蘸料是蒜泥和醋，不含辣椒。

饺子们拥挤在一起，却并不粘连，透过皮子，可以清晰地看到里面的肉馅，但绝不破损。北疆产春小麦，我不知道这是不是春麦面粉的奇异之处。肉馅因为纯粹而紧实，紧实里又裹着汁儿，这汁儿，显然是肥瘦相间的那个肥变化成的。

挑开皮，发现馅是由一个个肉颗粒组成的，粒与粒之间被汁填充、黏合、再生与变幻。是粒而不是末，这是一种打破，它产生了奇妙的筋道感，馅的筋道与皮的筋道又是同步的。世界上很多美味都产生于筋道。

街上飘起了雪，是飘，不是落，它们在空中划着斜线，纷纷扬扬。地上很快就白了起来。远处，褚红的远山、无边的天际不见了。牧人牵着马或骆驼从街头走过，帽子上白绒绒一层。天明开过来吉普车，说，赶紧走。这里到矿上，还有四十里。

此后的日子里，我无数次见过哈萨克人的羊群，它们丰满、浩荡，仿佛跑动的饺群。它们在矿区周围的戈壁滩上啃草，或到矿山上专用的水池里喝水。牧羊人骑着摩托车或马到处游荡。天特别冷的时候，牧人用皮袍包裹住身子和头部，倒在乱石堆里睡觉，一睡就是半天，像一块风化的石头。鹅喉羚有时候经过他的身子，跑向天边。

第二次吃羊肉水饺是半年后，依然是这家饭店，依然是天明埋单。不过这次是送别，工程结束了。他留下来结账与扫尾。时序正是阳春三月，风光浩荡，西行的人、下山的人，让这里的生活沸腾起来。吃着饺子，天明讲了一个故事，那天时间还早，他讲得很慢：

"那一年，我读初一，你还在老家那边读书，那时还没并校，你没有过来。有一天，是夏天，天热得要死，我和同学们去河里游泳。那时候解决热的办法就是去河里洗澡。游泳结束了，到了岸上才发现鞋子不见了，我的鞋子让水冲走了。

"二班张麦的鞋子还在，和我的鞋子一个号，就是新一点儿，他还在河里浪，没有上来。我穿上他的鞋子回了学校。我怕星期天回家如果没了鞋子，我爹会把我揍死。上课了，我看见张麦被老师拉出教室站在台阶上，问他为什么光脚，张麦说光脚凉快。他不敢说游泳把鞋子丢了。老师打了他一顿，把他打哭了。

"我想给张麦买双鞋，但我没有钱。那时候有抽血的，给的钱也多，但镇上没有，只有县城里有。我撒谎请了一天假，去县城卖血，两地真远，一来回走了一天半夜。卖血的钱买了一双鞋，还有多的，又吃了一顿饺子。可能是血抽多了，我再没有长高。"

天明说到这儿，我俩都笑了，笑着，笑着，又都流出了眼泪。

铁厂沟镇，新疆维吾尔自治区塔城地区托里县下辖镇，地处托里县东北部，东与克拉玛依市为邻，南、西与乌雪特乡接壤，北接额敏县喇嘛昭乡，行政区域总面积达二千三百平方千米。2011年，铁厂沟镇工业总产值达到十四点六亿元，比上年增长百分之三十四点四。2011年，工业企业有九十七家。这是百度词条上多年前关于铁厂沟的资料，现在，大概早已天翻地覆了。

天明再也没有回老家，一家人留在了铁厂沟。如果有机会，到了那边，一定回请他吃顿纯羊肉馅饺子，只是他的电话号码连同他的青春早已忘得一干二净了，只剩一双岁月纵横的眼睛偶尔看过来。

水桶席地而坐

一

　　怀柔的八道河村 3-14 号前面山根有一口井，小得每次只够打两桶水，好在它属于山沁水，有涓涓不断的来源。我每天早上提一只水桶，一只塑料小壶去打一趟水，正好够一天用。

　　春天越来越深了，怀沙河变得清澈而激荡，每次回程经过窄窄的翻水桥时我都会歇一会儿，让胳膊缓一缓劲。沿河的杨树们显出了绿意，山桃花开始凋落，花瓣儿被吹得满坡满地，空气里没有花香，弥漫着一股土腥味，村子的人开始耕作了，种土豆和各种蔬菜。野蒜钻出坎埂，蓬松得像披毛鬼。

　　有一年，也是这样的春天，也是这样的荒远之地，在甘南两当县一座山上，一群异乡人，天天打水做饭。

　　工队的驻地在离矿洞很远的山背后，那里避风，工棚不至于被吹翻。一条曲里拐弯的小路连接着矿洞和生活区，另一条小路从生活区延伸下去，连接到一个废弃的洞口，那是我们每天打水的路。两条路形成一个几乎等距的八字，不过打水路要陡峭得多，如果水桶摔下去，一直会蹦跶到沟底。

正在生产的矿洞也有水，但水不能饮用，水源边架了两台矿碾子。选矿的药料味道很冲，不要说水，每一块石头都浸入了浓烈的药物味。我们每次上班到工作面经过碾坊时都要捏住鼻子，一阵急跑。两台铁碾子三天清一次槽，清出黄澄澄的金子，那是工程运转的保障。

废弃矿洞不知道废弃多少年了，也不知道它通到了哪里，曾经出没出过金子。进洞三百米是一道斜坡，不是上斜，是下扎，有多深，也不知道，手电打在水面，绿汪汪吓人。胆小的人不敢一个人进洞，需要两人做伴来挑水。挑水的人轮流转，工队人不多，十天一个轮回。

打水路上有一道岩坎，抬头看，脖子酸痛，不是高，是陡峭。岩顶上长着两棵树，一棵松树，一棵黄蜡柴树。两棵完全不同的树，长得异常亲密。松树的一根枝丫搭在黄蜡柴的腰上，黄蜡柴的枝丫勾着松树的肩膀。

树上经常有几只猴子，也不知道它们哪儿来的，经常摘了松果往下扔，挑水人没少挨打。对它们，打又打不着，赶又赶不走，大厨老张献了一计，捡石块在自己头上狠狠砸。猴子不知是计，也捡石块在自己头上敲打，疼得吱哇乱叫。一疼就跑远了，过一段时间，好了伤疤忘了疼，又来了。

二

大厨老张四十岁，是工队年龄最长的人。那时候矿山打工很吃香，不缺人，年龄大点的都不要。工头喊老张叔，也不是亲叔，远房的。

老张年轻时当过兵，脾气很犟，比如用水，就用得很张扬，一桶水洗锅，一桶水洗菜，一桶水煮饭，一日三餐，加上各种洗洗涮涮，这就不得了，害苦了打水人。打水路上，一天到晚都有人上下蠕动。大家都对老张很有意见，但他是工头的叔，皇亲国戚，谁也没有办法。对恨的人没有办法，只有对自己想办法。

我打水的日子是10号，20号，30号，这个排序直到很久以后离开工队也没有打乱。大家自觉遵守，毕竟吃饭是头等大事。工队有十担水桶，也就是二十只，都是用过的润滑油桶，带盖的那种。

此后若干年里，在绿皮火车上我看见四川人拖家带口，带着一只或两只装满杂物的桶，就是这种桶，他们把它坐在屁股下面，当座椅。长途漫漫，车厢里有人站得号啕大哭，只有他们安然无恙。

打水的方法也有别，水桶只能挑，不能背。在凶险的山路上，挑是最没有安全感的，有人就选择了背，用一只扁形的塑料壶，系上带子。一壶水八十斤，水在壶里晃荡，人在壶下晃荡。

我高中时是校体育生，一场篮球能打一天，那时候流行马拉松跑，我一口气能跑五十里，我有足够的体能应对打水，因此我从来不怕打水，但我怕废弃矿洞的死寂和黑暗。第一次打水，我带了两只矿灯，我怕它突然坏掉了。对于我们和巷道来说，三百米不值一提，但黑漆漆的矿洞就是漫长的黑夜，长得没有尽头。

我挑着一担桶往里走，其实是往里挪动。脚每一步踏下去提起来，都会发出很大的声音，声音沿着洞壁一直往里传，它们仿佛赶着向谁报信。

洞顶不停有水滴落下来，落在巷道上，发出"噗嗒噗嗒"的声音，水滴落在水坑里，发出的声音更让人胆战心惊。我把桶按在水坑里，水桶发出一串咕嘟，迅速灌满了，我担起来，风一样往外跑，我听见一串脚步声在后面追赶。

经常和我搭伴打水的双成是当地人，他家就住在山下的太阳村。太阳村是离两当县城最远的村子，它紧邻的是徽县一个小镇。

双成干过十几年爆破，用摩托钻在裸露的矿脉上打孔，装一点自制的炸药，爆下来的矿石就在山上挖个坑搞浸化。可想而知，他那点爆破技术只是皮毛，但矿洞是他家的山林，他不答应不好办，就把他收进了工程队伍。

双成对我讲过一个发财的门路，时不时怂恿我跟他去干一把。有时我下了决心，他又缩回去了，有时他坚决起来，我又不想干了。这条门道总之阴差阳错，不是被我堵住，就是被他堵住，或者被别的原因耽误了。

他说在徽县的一条大沟里，有一个地方，有人发现了一条金脉，金脉很窄，只有指头宽，但矿石松软，可以抠得动。有一年一个打山猪的人发现了它，只抠了一挎包，回家炼了一斤纯金子。就是斜挎在身上的那种帆布包，猎人再进山去找，再也找不到了。

我问，那人没做记号？双成说做了，还绘了图，图是当天回到家凭记忆绘的，可就是找不到那地方了，把沟翻了个遍，就是找不见。他说那人是他的远房表叔。

我猜想双成之所以认准了要和我合作，并不是他信不过别人，是因为我是一个挖矿人。挖矿人眼毒，认得山，识得水，地上地下的东西比别人辨认得更透。

三

从洞口往对面的山上看，一道峰压着一道峰，一条沟接着一条沟，山势垒叠，那最高的地方不能看得真切，仿佛一道真实的梦境。

正是盛夏时节，山色绿得像有人挑了一担漆，脚没踩稳，打翻了桶，漆从山顶泼下来。厚的地方是沟，薄的地方是梁。下了班，懒得回宿舍，双成和我蹲在渣坡边抽烟，等待渣工出完了渣，接着上班。渣坡像凝固了的瀑布，飞泻到很远，滚到边角和沟底的石块，是飞溅的水珠。

有人在山路上挑水，路窄得像一条线，人小得像一个结，结在线上移动，缓慢得像没有移动。太阳沟的家家户户屋顶冒起了烟，人们在做午饭了。驻地方向的烟也冒起来。天实在太蓝了，蓝蓝的烟上升超过了山体，立即融入到了天空里。两种蓝混合成一种蓝。

太阳沟有几家洞口，双成说也不清楚，他知道沟垴有个洞出好矿石，出了好几年了。沟里不让建选厂，很多洞里就架设了碾子，自产自加工，有几个洞口矿量太大，就把矿石拉出沟，送到天水那边的选厂加工。

我有一次去两当县城买材料，看见一辆矿车翻倒在路边。回来时，矿车已经处理好了，地上的矿石装到了另一辆卡车里。在烂泥里，我捡到一块矿石，乌蓝乌蓝的颜色，里面饱含铅锌。这种矿石品位很高，但矿带都不会太宽。这样的洞一般会养保安，没有谁敢靠近。

矿洞离太阳沟的村子也就五六里，鸡犬可闻，但双成很少回家，他说他不喜欢家，说工队就是他的家。他有老婆，但没有孩子。我去过一次他的家，三间砖瓦房，墙体被有一年的地震弄出了一条大口子。父母都不在了，老婆也不在家，在县城。我不好问在县城干什么工作。

结婚照还很新鲜，镜框里，一男一女站在一条纸上长江前，男人粗糙，女人艳丽。那天晚上，双成给我炒了一锅毛栗，我俩一边吃，一边放屁。到了半夜，他问："师傅你要不要媳妇？"我说："家里有媳妇。"他又说："没事，外边再找一个。"我说："你放狗屁！"

工作面向前推到了五百米，凭经验，应该打到了山体的中部了，因为岩石变得异常坚硬。工头说，快见矿了，别的洞子也在向这里进攻，干活时多留心。我懂得他说的留心有两重意思，一个是辨别矿脉所在，别的洞口可能已经在吃矿了，别与矿脉失之交臂；另一重是，如果别的洞口也在掘进，要防止对穿，对穿的一瞬，就是凶险降临的一瞬。

工头说的没有错，随着巷道一天天推进，隔壁的爆破声也一天天清晰。有时走在巷道上，那边炮响起来，这边洞壁哗哗掉石块，分不清是左边还是右边，上边还是下边。

有几回，我听到了钻头在岩体里的撞击声，嗡嗡的，有些庄重，有些轻佻，还有些欢快。那边使用的显然是大功率空压机，这不是一支小打小闹的工队。

四

八月十五中秋节，老板打来电话说，今天放一天假。

工头抱过来一捆香，一捆黄裱，说："好好上一上香，敬敬山神，保佑咱早日出矿。"我说："好！"

矿洞在进洞一百米的地方分了两条岔巷，西巷出矿很早，但矿脉窄，品位也不好，只够两台碾子用。我和双成干的是东巷，东巷虽然没有出矿，但是主巷，它指向山体的主峰，有空间，有无限可能。山那边有好几家大矿。挖矿虽然像走夜路，但要去往哪里，是清楚的。

不论矿洞规模大小，洞门旁都有一个小庙。有的有一人多高，有的一个人可以抱起来，有的堂皇，有的简陋，里面一律敬着老君、赵公明、土地公公，这是矿山的标配。每月初一、十五的上香活动一般由爆破工来完成。我燃起香，把黄纸烧起来，心里默默祷告："大神在上，保佑洞子快出矿吧，保佑我们平平安安，一月挣一万元钱……"

八月十六，这个日子和任何一个日子没有两样，这个日子和任何一个日子都不相同。这一天发生了两件事：一件是我们的矿洞被打穿了，一件是终于出矿了。

大清早吃了饭，我和双成带着家伙什往工作面赶。进了巷道，凉飕飕的，风顺着巷道逆着我们往洞外吹。双成工作服的前襟被撩起来，他在腰上系了一根炸药包扎带子，衣服上的扣子早都扯掉光了。

我说："不好，洞子打穿了！"

到了靠近工作面二十米的地方，巷壁上穿了一个大洞。用矿灯探过去，那边一条笔直的巷道，又高又宽。

空气里一股浓浓的炸药味，这是几个小时前发生的事，那会儿我们还在睡觉或者吃早饭。双成惊叫一声："好玄啊，要是不放一天假！"

按照矿山规矩，谁打穿了对方，要自动后撤五十米，这是多少年矿山江湖的法则，大家都会遵守。我对双成说："这下我们安全了！"

下午，一排炮爆过，工作面小山一样的渣石里夹杂了黄亮亮的硫体，掌子面上，一道二尺多宽的矿带像一条腰带斜跨左右。硫花，铅花，在石英带上排成了行。这是顶级的矿体。

这一夜，整体狂欢，啤酒喝到半夜。

<h2 style="text-align:center">五</h2>

双成躺在渣坡上，衣服剥得精光，他的身子下边水流成了河，水流了一段，都渗到了渣石里。

空了的水桶们围了一圈，它们白白胖胖，像一群席地而坐的赴宴客。这是我多少年职业生涯里见惯的场景，中了烟毒的人，都这样处理，一桶桶冷水当头泼下，叫"惊"醒。

那天，双成和另一个伙计在工作面工作，那人是新来的徒弟，媳妇成婆，双成可以独当一面了。打穿的那个地方，突然一股浓烟窜过来，它像突发的山洪，迅猛，狂热，夹杂着辣椒和硫黄味。

立时，整个巷道除了浓烟，再没有别的。

对方终于下手了。这一天，我去了县城，其实也没有大事，就是逛逛。

如果当时我在，也不会和双成有任何两样。这样的事，在黑暗的地下世界，时时在上演，有人无数次碰巧经历，有人侥幸错过而已。没有一克金子不是恶的。

我用手扒了扒双成的眼皮，眼珠转了一圈。

还好，人能活过来！

九月九，甘南的冬天到了，秦岭绵延无尽的山体渐渐变黄，一些树叶落下来，覆盖了我们打水的小路。

我下山了。铁打的矿山流水的兵，我去赶赴另一场工程。

我摸到上衣口袋里，有一个东西，硬邦邦的。掏出来，是一张叠纸，牛皮纸，棱角已经磨损严重，我展开来，是一张地图，手绘的，蓝色圆珠笔细描。有沟有峁，有树林，有山体。在一处山体上，标着一个红点。

我知道这是什么，也知道是谁塞在了我口袋里，我把它撕成了两半，随手一扬。一阵风从谷底恰好吹上来，纸片在空中飘飘摇摇，像一对木叶蝶，一会儿就飞过了山梁。

乡 关 何 处

父子书

凯歌：

你好！

我们有多长时间没有见过面了？

记得最近一次分别时，天气异常炎热。我和你妈妈给老家地里的连翘树除草，这些连翘树是开春时栽下的，草长得比树还高，完全湮没树顶了。

那些天，你一个人在县城，白天去学校上课，晚上回租住屋做饭、睡觉。你妈妈老是叨叨：不知道今天吃饭了没有？是不是又睡过头没赶上去上课了？我就训她：你总不能一辈子不放手吧？其实我心里也急，急着把草除干净了好去忙别的事情，急着去看一看你的成绩单，翻翻你的作业本。但树草同性，又不能喷除草剂，三亩地，整整干了五天。

从过完春节正月初六出门，整整一年时间里，我就回了两次家。3月那次回去时间太紧，连老家都没回，惹得你奶奶很不开心。你爷爷走了，奶奶一个人住在山里，非常孤独。我们每天生活在拥挤的人群里也还是孤独的。

我知道，你那次也伤透了心，是不是现在还有恨我的气，我把你的手机砸碎了。我知道，这部手机是你初中三年省吃俭用，利用学校餐补费的剩余钱买的。对于我们这样一个家庭、对于你，它都奢侈到近于天物。我也知道，那个早晨，一颗少年的心，碎落了一地。问题是你不该天天泡在游戏里。

那天早晨，你妈妈去商洛医院复查身体，你的班主任给她打电话，让到学校去一下。问什么事儿，老师也不说。接到你妈妈的电话，我头一下子就大了。

说真的，我一辈子失败，唯一的希望就寄托在你身上，我一辈子怕看人脸色，所以很多年来我怕开家长会。当时我一下沮丧到早饭也不愿再做了。正在气头上，你放学回来了，手里手机里还在呜呜哇哇大战着游戏。

我曾无数次地问过你，为什么要沉迷于这样一款叫"天天酷跑"的游戏？你总是回答，你不懂。有一次被问急了，你说，这个玩成功了，也能挣钱，有人就挣到钱了。对这方面，我也许真的不懂。我也曾问过你对自己命运前途的设想，你总是说，没有设想，想也白想，走一步，看一步。这也是我得到的你同龄人的多数回答。

看着你一天天长大、走远，向着我看不见的远方，我常常感到无能为力。我养育了你的身体，尽力满足你的物质需要，而在心灵的对换上，竟从来不是父亲。我不是，很多人都不是。

从你一岁半开始，我出门到处打工，到过新疆、青海、内蒙古、东北以及南边的云贵和广东，双脚走遍了不毛之地。除了一身伤病和满心沧桑，也没落下多少钱，这也是爸爸这一代大部分人的生活和命运。我也无法猜测，到了你们这一代，会是怎么的情状。

或许，物质上将会富足，而内心和精神会更奔突和动荡。物质和心灵永远不能合一，这是两者的宿命，也是人的宿命。

对于将来，我多希望你有多一点儿准备。现在，你能多读一些书、多一些思考。

你可能并不知道，一年来，我一直在北京西郊一个叫"工友之家"的地方工作。这是一个由外来打工者组织的公益机构。我每天的工作就是跟随负责旧物资回收的工友去北京各个地方接收人们捐赠的衣物。

有时也帮忙分拣、消毒，分批发往更加需要的西部和非洲。说不定老家收到的救济衣物，就有我亲手的劳动。

机构有十几家爱心超市，分布在工厂密集的地方，每件衣服只卖十元八元，目的是帮助那些工友。我买了一大纸箱，足够我们一家人穿十年有余。过年的时候，我就带回去。这份工作虽然很辛苦，但我愿意做。

每个星期天都有北京各高校的大学生和其他爱心志愿者来帮助工作，大家在一块，感到融洽又温暖。有人做了十几年，从学生时期一直做到成家立业还在乐此不疲。这是一种情怀，更是一种胸怀。有他们，这个世界虽不美好，但并不绝望。

在当当网上，我购买了一些书，因为这里不好收，我附了县城的地址，你把它们先放在靠墙那个桌斗里。我过年回家了读它们。我还是习惯读纸质文字，那种进入感，那种交融、碰撞、思维在纸上的流淌铺展感，是屏幕不能比的。我几乎读完了你从初中到现在的全部语文课本。

和我那个年代的内容比，它的丰富性、宽敞度、经典性提高了不知多少倍。单从这一点，真是羡慕你们。

对了，我要告诉你一个好消息，最近，我获得了 2016 年度中国工人诗歌桂冠奖。

一个沉甸甸的铜质奖杯和十万元钱。这个奖，从 2016 年开始，一年一届，获奖名额一年只有一名。这是对我二十几年写作、思考的肯定，也是对所有坚持思索、创造和抗争的诗歌探索者的肯定，实在太有意义了。

你看授奖词：

陈年喜很像传统中国的游民知识分子，离开乡村外出打工，辗转于社会底层，饱经世态炎凉。

不同于普通游民，他有一种自觉的文学书写意识；不同于传统士大夫或现代知识分子，他是以矿山爆破这样一种后者绝不可能从事的危险工种来谋生，具有顽强的生命活力。

作为一名有着十六年从业经验的爆破工，他把在洞穴深处打眼放炮、炸裂岩石的工作场景第一次带入中国诗歌，这既是大工业时代的经验，又是能够唤起人类原始生存场景的经验。

2016年，他因职业病离开矿山，而写作更上层楼，以《在皮村》和《美利坚叙事》两部沉郁厚重的组诗，聚焦新工人文化，思考全球化世界中普通劳动者的命运，从而将工人诗歌带到了一个新的高度。因此授予陈年喜2016年度桂冠工人诗人奖。

把这个好消息也告诉你妈妈，告诉全家人。

爸爸不是好父亲，但希望你是一个好儿子。你不仅是我的，也是生活以及未来将面对的纷繁世界的男儿！

爸爸

2017.2.15

父亲和摩托车

我很小的时候，有一回，听见父亲对母亲说出他压抑很久的心愿："我要是有一辆摩托车就好了！"那是一个雨天的下午，门前的核桃树才展开叶子，梨树已开过了花，雨水让散落的花片们褪色、消殒。那个下午，父亲大概从很远的地方回来，走了很长的路，他的双脚沾满了泥巴。我骑在一只板凳上跑马马，板凳的边棱把我穿着开裆裤的屁股硌得生疼。

我想，他的意思一定是，如果有一辆摩托车，他可以赶在下雨前回到家，不至于淋雨了。我记得那场雨是我和母亲吃着中午饭时下起来的。

半年后，我开始上小学。小学在峡河边上，这是一所芦花与垂柳包围的乡村学校，从一年级到六年级，叫完全小学。因为没有学前班，一年级必须读两年。进入初中前，我在这所学校整整读了七年。从家到学校有三里路，很陡的坡路。有时候父亲送我，有时候母亲送我，只有送我上学，我才不会迟到。

从学校到家有一条公路，盘盘绕绕，有三公里，虽然也是土路，比小路平坦多了。到我十岁后，有一次走到了公路尽头，我才知道，这是人们早些年为拉矿石修的临时公路，因为矿总是在慢慢开着，一临时就临时了几十年，直到今天还在。

我家邻居有一辆摩托车，他家孩子因而可以享受上学不用走路的待遇。冬天时，天亮得晚，一道光柱在山上扫荡，那是摩托车载着他家孩子上学了。父亲或母亲牵着我的手，打着手电，沿着小路急急忙忙地走，但不管我们怎么急，也总是比摩托车迟到几分钟。父亲常常表现得不在乎，但我知道他想拥有一辆那样的车。我和母亲都不在他面前提摩托车。

我的童年和少年时光，父亲对于我来说，记忆很大一部分是空白的，我知道他在世上，不知道他在哪条路上，是停下，还是奔走。这些时光的记忆，对于母亲来说，也是同样的。我有时做梦，梦里父亲骑着高大的摩托车在戈壁上飞驰，英俊又潇洒。

他对我讲过一个故事，那是他离摩托车最近的一次经历。有一年，在山西运城"死海"后面的山沟里，有个人骑着一辆嘉陵铁汉摩托车，飞一样上班来，飞一样下班去，像一团火云在飘。那时候，他在那里做爆破工，打一条巷道。对着骑车人，他说，啥叫人生得意，这就是。

他说，老板看出了他的心思，答应只要干到年底，送一辆摩托车。时间才是5月，年底还遥遥无期。8月，巷道打到了一千米，离山顶的古采坑越来越近了。

老板领着他看过那方古采坑，里面全是绿汪汪的水，什么人，开采于哪年哪月，没有人知道。当地人说，底下有好矿，有人用三台抽水机抽了三天三夜，水只下去了一寸。父亲所打的巷道，就是要打到坑的底部去。

那是他接手那项工程的最后一个班，那天夜里，在完成最后一个钻孔时，孔里突然蹿出了水柱，他知道，巷道真的和古坑打穿了。

老板命令他装填上足够的炸药，把坑底彻底炸穿，但他拒绝了。他知道，沟口是一个村庄，有上千人口，突然暴发的洪流对他们意味着什么，对于一名爆破工意味着什么。最后，实在犟不过，在装填炸药时，他留了一手，爆破失败，只炸出了一个碗大的洞。那一坑水流了两个月，工程被迫停产。他最终没有领到工资，自然也与摩托车失之交臂。

2010 年冬天，父亲终于有了一辆摩托车，红色钱江 125。那是他在延安一家矿上用了三个月时间挣来的。那一年，我十岁。这一年，他正月初六出门，腊月二十回家，从河北到新疆，从甘南到延安，几乎跑遍了北中国。

父亲对于摩托车的油路、电路，所有技术，堪称无师自通，这得益于他十几年的矿山机械实践。让人弄不明白的是，为什么他一上来就是骑行高手。

高中三年，他骑着摩托车，飞驰在两地之间，向县城的租住房源源不断地提供着菜粮和种种所需；自始至终，飞驰的摩托车载着我们一家来来去去。

到今天，他已骑坏了三辆摩托车。一个月前，他又从淘宝上淘了一辆。对于父亲来说，摩托车上仿佛有另外一个世界，那个世界是专属于他的。他在其中驰骋、陶醉、雾里看花或沙场点兵。不知道，命运里走失的部分，他是否在摩托车的飞驰里赶上和找到？

儿子凯歌

母亲

　　母亲今年七十三岁了。

　　腊月二十七，从贵州回来，原打算在县城的搬迁房里过年。按乡村乔迁习俗，新居过新年，谓之暖房，寓意未来日月的温暖和顺。但新房一无所有，又下着雪，就回老家了。谁承想疫情肆虐，一待就待到了现在。

　　正月初一，天放晴，碧空蓝得不敢相认，但阴坡阳坡依旧白雪深得埋得住脚。记得去年春天回来时，看见东坡沿山边开满了黄灿灿的连翘花，这个时候，连翘一定风干在枝头了。经过了春夏秋冬风吹雨打的连翘，药性自然是最好的，打算摘一点儿，带回贵州自用。在经过邻居张婶家院子时，拐进去坐了一阵子，她说到了我母亲的病。

　　我害怕说到母亲的病。这世界上，有太多的事儿我们无能为力，无能为力到了不敢正视。

母亲现在和我弟住在一块，她住了大半辈子的房子秋天时被拆掉了。进门时，房间的铁炉子正冒着柴烟，这是山里人越冬的唯一取暖方法。

弟弟的女儿宝仪聪明伶俐，她成为奶奶这些年最好的依伴。墙上贴满了她一年级至今的奖状，新新旧旧，起落迁转，一位贫家少女的成长履历缩减于一张张卷页。她已经读初中二年级了。

母亲说，最近吃饭总是噎住，有时候喝水也噎。这都在我的预想当中，毕竟，从2012年查出问题到今天已经整八年了。自从有病以来，她一日三餐除了玉米粥就是汤面条，常年如一日的稀薄流食，让身体已极度缺乏营养。

她的身体显然再也经不起化疗了，我的意思，再做一到两次放疗，有针对性地杀死具体部位的坏细胞。

给市里一位朋友打了电话，他的弟弟在市医院肿瘤科做大夫。和这位年轻的大夫说了很长时间话，他说，在肿瘤的治疗医学上，几十年一直是停滞的，没有新药，也没有新技术，有进口靶向药，只能自己付费，效果也存疑，因为它到了小地方就不是最好的。

他说的这些，我信，但我还想做最后一搏，我的卡里还有一万多元钱，这是我一年的稿费。因为大夫初六才上班，我们说好初六见。

我的老家叫塬上，一个小到只有七八户人家的半山小村子。老家所在地属长江流域，峡河水入丹江，汇流汉水，最后泯然于长江千里波涛与沉沙。在葱茏的长江版图上，从来没有听说过一个地方用"塬"字来命名，酷烈、苍凉、血性与密码，只属于旷荒的北方，老家与这些都相去甚远，然而老家又是什么？我找不到一串词定义它，就像无法定义其中的生活与一些人一样，我们并不真正认识寄身的地理。

从确诊那天起，我就笼罩在母亲疾病的恐惧里。不论是在颠沛的北京，还是相对安稳的贵州，是白天还是夜里，听到家里来电，我都会心生惊慌，生出种种猜测。然而母亲，似乎并不把病当回事儿，春来种瓜，秋来补豆，墙根的柴火拾掇得一摞又一摞，有一段时间，还就着灯泡，给我们一家纳了一摞鞋垫子。

家里有一台手动轧面机，三十年了。1989 年，峡河发大水，车路尽毁，我和弟弟用一根木棍从七十里外的邻省官坡镇抬回来的，路上，抬坏了两根杨木杠子。这些年，齿轮也换了几个。这一个多月里，母亲给我轧了三四回面条，每次三四斤，用一只盆端上来。其实流徙半生，我早已没有吃面的习惯了。

我想象着她吃力地摇动着机器的轮子，面条从机器里一寸一寸伸展出来的情景，我想起来这些年自己敲下的每一个文字的历程：仰卧床头，脖子下再垫一个枕头，一只手托着一只平板电脑，一根中指一笔一笔敲下一串串文字。

它们并不行云流水，而是涩滞地冒出来，像破了羊水，又久久难产的胎儿。

母亲年轻时喜欢独自哼曲儿，其中有一段，从旋律到内容

都美极了。那曲里有最好的人，有无尽的悲和喜，有暗无天日
的长长时光。她用嗓子把它们掀开，让风和月吹照进来：

> 你走千里路　那也无碍妨
> 我变成一桑树长在路旁
> 单等着你来采桑
> 桑树枝刮破你的衣裳
> ……

扶杖的父亲

　　据说，手杖最早是作为武器来使用的。上阵对敌，因趁手又实用，每每克敌制胜，后来，才演变成一种助行工具。

　　而在我的想象和理解里，杖应该首先是助步工具，而后才变成打斗器械的。当然，这样的两种判断谁是谁非，没有人说得清楚，也并无多少意义。但，不管怎样，杖的历史是久远的，和人类等长。

　　现在看到的手杖，大都由轻质而韧性的材料做成。手持的部分，光滑而弯曲，也有雕以龙首的，极具观赏性，已经超出了手杖的本义。但拄杖的人，并不看重这些，或者说，已无力看重这些了。

　　父亲的手杖是一根竹子，得来也简单。门前的竹林里选一棵大拇指粗细的竹子，砍了，刮了节，用火把一头烤热，门槛缝里弄弯了，就成了。父亲病得早，这根竹杖伴他快十年了。

汗渍浸润，红润的颜色仿佛一层包浆。

时间的鞭子在后面赶着，他蹒跚着拄杖往暮年里越走越远，我们远远地看着，都无能为力。

在记忆里，父亲年轻时，有一双快腿脚。有一年的一个夜晚，雨点儿刀一样往下泼，闪电照得门外一阵阵惨白。床头上墙洞里油灯昏黄，为了省油，灯芯掐得很短，远处看去，微小又庞然。突然，我和弟弟叫了起来，我们的鞋子漂起来了，地上一片汪洋，房子后面传来隐隐的垮塌声。

"发水了！"父亲"嗷"的一声，蹿了出去。那一夜，我们再也没睡，那一夜，父亲把洪水逼向了别处。

家乡峡河直到20世纪70年代初才通了泥土公路，在此之前，公粮购粮上缴，日用百货土产物资转输，需要劳力来挑，人称挑脚。峡河至丹凤县城一百一十里，父亲是生产队的主要挑脚人。

一担百余斤，放下和起肩十分费力，一种叫杵的东西发挥出巨大作用。杵长短齐肩，上面是形如马蹄的一个木托，正好放置负重的扁担，使腰身免于大幅度起落。父亲每次回来，精疲力竭中，杵杆正好做了扶路的手杖。

两头黄牛并列着，在前面走，牛的后面是一架木犁。

一个人，歪歪斜斜地扶着木犁前行，犁是他的利器，又是他的扶杖。潮湿的泥土冒着热气，气浪升腾复飘散。天地苍茫，季节漫草荒烟。这是多少年来，我记忆最深的图景。我曾在一首诗里写道：

老父与老牛结成比翼之好
南街的小贩担当了引线之人
十年前一个春耕的日子集市相见
从此就成了彼此的英雄和美人

老牛喜欢消受老父的鞭子
它感到只有这么好的鞭子
才配它冲云蔽日的豪气
让自己一身的好把式更加登峰造极

但老父从不滥用手中的权力
像好年景不滥用季节的风雨
一些愁苦和心酸 一些悲喜和脾气
他会用一只烟斗和老搭档相对消弭

不死的农事黄了又青
一驾爬犁追赶着节气
天空下的身影多么小啊
岁月深处
一道道犁沟 真实得虚无

去年9月，我从新疆回来，一身风尘和疲惫。未进家门，
远远地看见父亲在门前的小路上，蹒跚着，用竹杖把树叶一点

点地归拢。一头白发如银似雪。

或许，他计算着儿子要回来了，清理了枯枝败草，让荒败的家门干净有生气一些，让儿子的心对日益凋落的家门多一点儿留恋与归意；或许，觉得自己老了，该做点儿事情，"八十老人砍黄蒿，一日不死要柴烧"啊。

2015年4月，我从西安交大附院做完手术，戴着颈托，苍白而羸弱。一天早晨，睡眼蒙眬中，我感到一个人站在了我的床边。

他的手向我伸过来，颤颤巍巍，他想摸一摸他风吹雨打的孩子，摸一摸孩子风吹雨打的伤口，摸摸孩子身体里比自己还厚的经年不化的雪……我知道是父亲，但终于没有睁开眼睛。我怕看到什么。

出门下台阶时，他摔倒了。那是父亲最后一次扶杖行走。

此后，他再也不需要拐杖了。

父亲的桃树

那是一个初秋，我记得那是 1978 年初秋的一个早上，峡河的大雾从河谷漫上来，它们在山腰或山巅与天空铺排下来的水汽短兵相接或握手言欢。

峡河两岸展现出我十八年后在一部电视剧里看到的所有美妙景象。那时候我不知道自己住在仙境里，反倒心生害怕。

父亲从大雾里钻出来，手上提了一棵小树。我虽然才上小学，已经能辨别出那是一株桃树。桃树有一股淡淡的、苦涩的气味，这气味在树被挖倒和砍倒露出伤口时会不停弥散。那个早上，淡淡的苦涩的气味像一条尾巴，长在父亲身后。

后来母亲腌制一种小菜，里面用到许多桃仁。我砸开桃核偷偷尝了一口，发现它就是桃树的味道，它和那个早上父亲身上的气味一模一样。

父亲那时还年轻，对于熟而又亲的人，我们总是疏于记忆。

父亲那个早上留给我的印象是他一生里印象不多的一个。他穿着白粗布褂子，那是奶奶的手艺。褂子一只袖子长，一只袖子短，短的原因据说是奶奶的纺车纺完了家里的所有棉花，连借也借不到。她从山上采了一篓子野棉花，可怎么纺也不成线。父亲把那只长的袖子卷起来，使它和那只短袖子一样长。

没有人知道，在全村人睡觉时父亲跑了七十里山路，他从邻省一个叫官坡的地方挖回了一棵桃树苗子。桃树苗子的主人叫赵老二，他是爷爷的朋友。

这棵桃树苗子的品种叫五月桃，1978年，峡河还没有五月桃，只有八月桃。八月桃其实是一种野桃，土肥的地方长得大些，贫瘠的地方长得简直不叫桃，咬一口，涩而又酸，熟透了倒是不酸了，有一股苦味。

父亲一夜往返七十里，是因为白天的时间不属于自己，它属于生产队集体。

父亲把小桃树栽在门前的自留地里，就像那时所有人属于集体一样，所有的土地都属于集体，除了每人一分菜地。没有哪一棵树比小桃树长得更慢，也没有哪一棵比它长得更快。两年后，小桃树开花了，结出了青涩的桃。

桃子慢慢长大，白得像馒头，当顶上有一点红，那红色随着桃长大而加深，最后，变得像一滴血，洇开在果肉里。

第一茬桃共结了八个，它们一天天长大，开始时躲在叶子里，慢慢地，叶子就遮不住了。它们裸露在了枝头上，这就招来了许多好奇的鸟，先是麻雀，后来喜鹊、乌鸦也来，还有一种红嘴鸟，个头比喜鹊小，却特别凶。

家里有一支鸟铳，一人多高，枪管异常细，有一回，我把指头塞进枪口里，被吸住了，怎么也拔不出来。父亲给枪膛里装上一撮盐粒和火药，枪口插一根长长的苇草。他把枪挂在树枝上，桃树还小，有些背不动，吹过一阵风，几乎要跌倒。苇草白白的穗子飘啊飘。

有一天早上，父亲对着桃树开了一枪，枪这时候已经对鸟们造不成恐吓作用了。一阵蓝烟散尽，鸟飞得无影无踪，树上的桃剩下了七个。

生产队的麦子黄了。麦姑鸟在树林里一声赶着一声叫：快黄快割，快黄快割。

据说，这是一种不祥的鸟，谁也没有见过它。麦子们先从坡底黄起，一晌晌往坡顶黄，这个过程又慢又急。早晨上学去，看见那黄色在门前，放学回来，看见它到了屋后，看见它在走，雾一样四散弥漫，想伸手把它拉住，又怎么也拉不住。

余社长带着几个人下乡指导夏收工作来了，他们先是让队长带着沿地边走了一圈，走一阵，指手画脚一阵。五月的天真热，热得所有人大汗淋漓。余社长穿一件白衬衫，像一只白公鸡站在乌鸡群里。他们走渴了，要喝水，他们走到了我家桃树下，他们没有喝水，离开时，树上就变得空荡荡了。

几天后，余社长让队长捎话来，要求把桃树移走，移到公社大院里去。父亲像傻子一样死活不答应。他给桃树又松了一遍土，浇了一桶大粪，虽然这一年再没有桃可吃。桃树目前还是孩子，他坚信它一定会成长成一个大小伙子，像他儿子中的一个。

五道河到七里沟二十公里，万丈悬崖不通公路，这一年夏收后，县里决定把它打通。这一段位置属于另一个公社，离峡河五十公里，虽然五道河最后和峡河流到了一起，成为丹江的一部分，对于大部分人来说，这是老死不相往来的两个地方。

那时候，所有的乡村公路都是群众会战的形式打通的，大家背着粮食，带着干活儿的家什，这一场没有干完，又干另一场。那时候村里的一些好劳力像鸟一样，今天飞到东，明天飞到西。

余社长给队长下了命令，派父亲去出这场公差。若干年后，我听村里另一位老人讲过五道河的劳动场景：人们把绳子绑在腰上，从崖顶上垂挂下来，一个人稳钎，一个人甩锤，一天只能凿出一尺深的孔。凿够了尺寸的孔填上炸药，一声声巨响后，石块麻雀一样漫天飞舞。

有一天夜里，父亲突然回来了，因为背去的面粉和玉米糁吃完了，他向指挥部请了假，回来背粮。他背回来了一包炸药，这是一包真正的炸药，一节一节的，像实心的竹筒。

父亲说爆破力非常高。那时候炸药并不是稀罕物，但这样的炸药还是第一次见。二十年后，我到了矿山，使用了无数的这样的炸药，知道了它叫二号岩石铵梯炸药，效力惊人肥力也惊人。

父亲把它们剥开，挖一圈沟撒在桃树根部，再浇上水，炸药很快融化，溶入土里。我打着一根小火把，看着他干。他说这是世界上最好的肥料，要不了多久，桃树就会蹿高一尺。第二天，背着粮食，父亲又上工地了。

五道河会战正酣时，有一天，余社长带着民兵连长，把桃树挖走了。

赵老二是爷爷的好朋友，我见到他时，他已八十岁，头发、胡子没有一根黑的，他是一个聋子。他会自制一种毒药，专药狡猾的狐狸。官坡的狐狸被他药死完了，他就年年来峡河药狐狸，晚上就和爷爷睡。他来了并不白吃，会带一斗麦子，河南的麦子真壮，像豆粒一样饱满，磨过后，没有麸皮。

赵老二家的五月桃树也死了，移到公社院里的桃树到底也没有栽活。从此，再也没有了这种五月桃树。桃树本来就是短命的树种，不知更迭过多少品种。遗憾的是，我再也没有可能吃到雪白馒头似的五月桃了。

父亲从工地回来，在桃树被移走的坑边坐了一个下午，不知他想了些什么。

后来，父亲在桃树坑里栽了一棵梨树。现在，梨树年年还在开花，只是已经不再结果。昨天离家时，我又看见它空开了一树繁花。

岳父

一

再过三天，岳父就过七十七岁生日了。

早晨还没起床，我就被一阵电话铃声叫醒，是岳母打来的。本来就有脑萎缩问题的岳母口齿更加不清楚，听了半天，内容是：你爸不行了，老病犯了，快来。爱人在另一个房间，听到了电话里的对话，隔着墙说："你起来把屋子收拾干净，大正月天，万一有亲戚来，不好看，我先去，你随后上来。"

女婿半个儿，这时候，我怎能耽搁？摩托车已经放置两年没骑过了，外表虽然被爱人擦得锃光瓦亮，化油器和电瓶已经报废，发动了一阵徒劳无功，好在路不是很远，只有步行。

遍地白雪茫茫，天上还飘着雪花，这雪停停歇歇落了一冬了。

岳父一直有严重的肺栓塞病，抽了一辈子烟，又在粉尘肆虐的矿山开了几年矿，落下这病一点儿也不奇怪。在百度上查了资料，这个病的解释令人沮丧：

体循环的各种栓子脱落阻塞肺动脉及其分支引起肺循环障碍的临床病理生理综合征（PE）。最常见的肺栓子为血栓，由血栓引起的肺栓塞也称肺血栓栓塞。患者突然发生不明原因的虚脱、面色苍白、出冷汗、呼吸困难、胸痛、咳嗽等，并有脑缺氧症状，如极度焦虑不安、倦怠、恶心、抽搐和昏迷……

这些术语令人眩晕，但意思还是明白的：危险而难治愈。

2017年冬天，我在西南小城一家企业打工，岳父的病第一次严重发作。在此前他已经病病恹恹了好多年，但还没有到威胁生命的程度，一边吃着药，一边干着他的手工竹器活。

那一天正在开会，爱人发来信息：卡上没有一分钱了，医院催缴。通了电话，才知道具体情况，人已上了呼吸机，进了重症室，每天以六千元的费用狂飙。随即我转去了卡上所有的钱。

五天后，出院了。不是痊愈，只是减轻，实在是经济上已无力支撑。还好，接下来两年无事。从院里稀拉的刨屑看，岳父家的这个年过得异常萧条、清苦。

岳父闭着眼睛，人异常瘦弱，一声接一声地发出呻吟。显然身体上的病痛已到了无力忍受的地步。桌子上是两瓶速效救心丸、一盒阿莫西林，还有一支注射器，刚注射过什么药物。在村子里，几乎人人都是半个医生，不但能自己开药，几乎人人都会打针。关于这方面的故事能讲出一本大书来。

全家人围立一圈，惶惶无策。

原本就是一家六神无主的庄稼人，这会儿就更加没有办法。严密疫情防控下，医院能不能收治，道路能不能通行，人能不能坚持到医院，种种，种种，都是未知数。

二

村子依然是３Ｇ网络，信号断断续续。

首先给湖南的一位医生朋友打电话，详细描述了病人情况，如果去不了医院，用什么药物，怎么自救？这位朋友正在上班，他那里是重疫区，从电话里可以听到人声嘈杂。他说：我一天一夜没回家了，不敢回家，在椅子上暂时休息呢。

这情况，最好送医院，实在去不了的话，有氨茶碱、激素、抗生素、氨溴索这些吗？自己能吊针药吗？但自己操作风险很大。给村医打电话，对方说这些药都没有，只有普通感冒药。已经猜到他没有，也没抱多大希望。

这些年农村农合医保，大小医院药物都是上面配送的，自己没有权力采购、销售，村级卫生院配备什么药，镇卫生院配备什么药，都规定得死死的。谁违反了就是罚款。很少有病人敢把病交给没药的它们，这也是大医院这些年日益人满为患的原因所在。

给镇上私人诊所打电话，还好这些药物都有。但有一条，自己承担风险。私人诊所有自由，但风险性也大，出了事儿自己兜，多年的经验让他们异常小心。

出村公路已经封死了半个多月，二十四小时有人值班。开始时，用土堆堵得死死的，后来上面不允许这么做，就扒开了土堆，加了一条铁链，上了锁。本村人只能出不能进，外村人不论什么情况只能到此返回。诊所把药送到卡点，家里再骑车接住。曲曲折折，药终于回来了。

用了药，岳父呼吸稍稍缓解。岳母冲了一个蛋花，加了白糖，搅匀了，一口一口喂下去。

一家人安静下来，开始做晚饭。雪终于停了下来，西天的落日又大又红，在山尖半沉不去，它明亮的反光异常澄澈，明天一准是个好天气。

回了家，吃了饭，刚睡下去，爱人又来了电话，这次比中午还严重，必须去医院。穿了衣服，再一次往岳父家赶。我清楚，这种病，再怎么扛都是没用的，不会有奇迹出现。再扛下去，只有死路一条。但去医院，眼下的情况谈何容易！

打了120，县医院接了，说路太远，路上都是雪，病人情况风险大，要求家人送一程到中途碰面，这样节省时间，把风险也降到最低。的确，从村子到县医院七十公里，其间要翻两座大山。

从村里到乡村水泥公路是三公里土路，曲曲盘盘，只通小型三轮车，这是第一道难题。这些年，乡村年轻人都出去了，三轮车越来越少，因为有车也没活儿干，能卖的都卖掉了。电话找了一圈，没有一个人接活儿。那就架子车转下山去，正好，岳父家有一辆拉土用的架子车，只是车厢早散了架。

紧接着的另一个问题是用什么车把病人往县城里送。即使是120急救车快一点儿，至少从村里出发也要送三四十里才能相遇。村里面包车也有，平时村里谁家有事也是包车的，但眼下是出村不能回村，不说被外面感染的风险，车和人滞留在外面，这损失谁来承担？据官方发布的消息，县城已查出三例感染确诊者。

更重要的是，病人出村，需要村卫生院开转诊单，卡点才能放行。电话再打到卫生所，村医说，乡里乡亲的，不是问题，并给充好了路上需用的氧气袋。

时间已经是晚九点。气温降到冰点。

120车突然打来电话，说路上冰厚，过不来。如果你们自己能想办法送过来，急诊室随时有人。

三

只剩下最后一条路：去最近的镇卫生院。

村子距镇十五公里，有一座岭——三条岭，盘山公路占据了两地距离的一半。岭上光秃秃的，一年一年这里成为政府定点的植树造林项目基地，一年年植树造林，一年年照旧。

倒是这些年，没有植树造林了，山上的树铺排了起来。到了春天，漫山的连翘花开成了金子，而秋天，漫山摘连翘的女人比麻雀都稠。

三条岭的左面和右面各有一个疫情卡点。岭两边的人家不是亲戚也是熟人，从年关至今，因为这两个卡点，断了来往。

镇卫生院仅有的一台救护车过年时撞车了，镇上没有修车店，县城去不了，一直停着。卫生院说，让这边的人来院里拿接病人证明到你们村的卡点上接人，你们负责把人送到你村的卡点上。

已经晚十点，村里所有人都睡了，农村人有早睡的习惯，家家拉灭了灯。没有睡的是外面回来的年轻人，手机屏幕的光在窗户上一闪一闪。这个时候，有多少窗户闪着微光，就有多少回来的年轻人。而当这些微光消失时，就是他们踏上了异地之途。

我弟弟有一辆三轮车，都忘了有多少年头了。天冷，特别难发动，用热水烫、用火烤，终于发动起来了。他没有驾照，但原来在矿山开过许多年三轮车，拉出的矿石提炼出来能打一尊金佛。技术没的说，就是不敢上公路。他有矽肺病，别的体力活干不了，平时在村里给人拉土、拉柴，挣点儿零花钱。

出了下山的土路是水泥公路。沿途都关门闭户，月亮照着家家门上的春联。从春联的内容可以猜见主人一家新年的愿景，有的求财，有的求平安。那绿联的，是家里有人过世了，人死三年，不能用红联，那是不敬。

那边的车早在卡点上等着。两个年轻人，戴着口罩。我们一辆三轮车的人都没有口罩戴，村里根本没有卖的。两相比较，我们有些慌乱，好在都是熟人，他们也不计较。爱人和妻哥随车陪护去了，其余人原车返回。

大家一路上都在讨论，如果病人是新冠肺炎，我们所有的人都会被隔离，甚至被带走，而隔离医院是什么样的情况呢？

今天早上接到爱人电话，岳父已经能喝一点儿稀饭了。至少，暂时不用转院了，转院，在眼下情势下，除了经济上的压力，仅过程都是一个复杂冗繁得让人绝望的周折。岳父病情的发展仍然是未知数，但愿他能过了这一关，也希望疫情能尽快过去，所有人都耽搁不起了。

今天，我和儿子计划把土豆种下地去。家里的一亩多坡地，一半退耕还林，剩下的一半早已不再种小麦玉米这些主粮。如果还种着小麦，那绿乎乎的麦苗这时也该有一拃高了。

儿子挑着粪担的样子，老到又稚嫩，一半像我青年时的模样，一半不像，那是他自己的样子。

司命树

一

有一年，我忘了具体是哪一年了，季节却记得很清晰，是6月末：山上的树木都绿疯了，枝头已经无力承受它的激情，那绿汁，仿佛随时要挣脱枝干，喷涌出来；蝉们趴在树缝里，一声一声地叫，把夏天的分量加重到了极致。

村里人疯了一样上山寻找杜仲树，剥它的皮、挖它的根。因为杜仲皮的价格疯了，河南和湖北来的小商贩收购到了每斤五十元，还不是干透的。市场如战场，已没有时间等待皮子们干透。

峡河这地方并不是杜仲树生长的理想地，山寒、土贫，雨水也不匀，很少见到杜仲树的影子。但没办法，小贩们沿着伏牛山蝗虫一样吃上来，树该剥的都剥了，根该挖的都挖了，没地方下手了，轮也轮到峡河的杜仲们了。大伙儿整天整天地上山寻找，一棵也不放过，连指头粗的也连根拔起。

张玉山家门前有一棵杜仲，是母树，年年都会结一树籽，落下来，在地上发芽，长出一棵棵小苗子。杜仲皮一直不值钱，也没人把它当回事，为不影响大树成材，清理地坎时，随手把它们割了，做了柴薪。

张玉山两口子指望着将来用它做棺材板儿呢。那树也争气，长到了一个人合抱粗，树干竹子一样往上蹿，两丈之下没有一根枝丫。村里人都说，从没见过这么懂事的杜仲树。

那一年，乡下还没电话，更别说手机了，开始时是写信，后来是有人亲自上门找张玉山商量要买下这棵树。一拨一拨的人来，价钱从三百出到了三千，后来变成了半夜敲门，再变成窗户上被人扔石头，台阶上泼鸡血，早晨起来开门，门缝里塞了字条。张玉山感到受到了莫大威胁，不是自己的命，是杜仲树的命，说不定哪天早晨推开门，那树的命就没了。

张玉山首先想到的是给杜仲树扎篱笆，山上砍来了棠梨刺，棠梨刺是峡河两岸山上所有树木里最难惹的刺，根根有一寸多长，风刮过来，都要刺出洞来。杜仲树被棠梨刺们里三层外三层地围了起来，像一座堡垒。

有一天早晨起来，张玉山发现堡垒被人撕开了一道口子，地上十几道摩托车辙，幸好，树还在，也许是贼们没有充裕的时间对树下手。张玉山觉得棠梨刺也不可靠了，得在树下搭棚子住人才行。棚子很快搭起来，竹竿做架，塑料布蒙顶。张玉山和老伴轮流着睡在树下。从此，再没人敢光顾杜仲树了。

那天快中午了，张玉山从后坡锄玉米地回来，门关着，还是早晨出门时虚掩的样子，家里冷锅冰灶的，死老婆子去哪里了？张玉山找到棚子里，老伴还躺在被窝里，睁着眼，说不出话，起不来床。夜潮太重，这女人中风了。张玉山扶她穿衣时，顺带把被子拧了一把，水浸了一样湿。杜仲树后来到底做了棺材板了，但没有入土，张玉山的老伴至今还在，拄着杖，还能出来晒晒太阳。

二

暑热渐渐弱下来了，但杜仲皮热一点儿也没减下来。乡政府急了眼，在公路上设了路障，贴了告示，谁再私贩杜仲皮要法办，由政府统一收购。到了晚上，公路上、小道上，到处是巡逻的民兵和手电筒的光。

来生发现那棵老杜仲树的地方叫大石壕。来生在山上找了快一个月了，连一根毛也没找到，村里人找魂似的，把沟沟梁梁都找遍了，有人找到了一棵，有人找到了两棵，大部分人一无所获。

真是踏破铁鞋无觅处，得来全不费工夫。那个下午，太阳离西山还有丈把高，金光从西天打过来，给峡河镀了一层铂。来生刚翻过大石梁就发现了那棵老杜仲树，它好像在那里专门等着来生到来。

正是树木汁水最旺的季节，来生几乎没用什么力气，就把杜仲树皮全剥下来了。这树也不知道长了多少年了，下半截树干的皮有筷子厚，皮里的白丝结实得撕都撕不断。

来生掂了掂，有一百斤皮。多大的树，多大的根，来生算了一下，把根挖出来，那皮也得有百十斤。可根都扎在石缝里了，得下死功夫。他连夜造炸药。

二十年前，炸药就像家家户户的锄头、镰刀，是主要的生产工具。炸药这东西，不但容易造，也耐储存，如果时间放久了效力差了，放到热锅里，再炒一下就又如新的一样。各家有各家的配方，但原料主要还是那几种：一黄二硝三木炭。

来生家里没有炸药了，翻遍了拐拐角角，只找到半袋硝铵，这是春上种玉米剩下的。来生的女人叫来芹，结婚十几年了，可那身材、那脸面，像才结婚的年岁。

来生让来芹在院子里架大铁锅炒炸药，来芹说，麻烦那干啥，锅灶上现成的锅。来生骂了句：懒婆娘。又想起来，家里根本没有多余的锅。

来生和来芹没有孩子，两人干柴烈火的，从不缺那事儿，可就是怀不上。来生在电视上看到西安有家医院，专治不孕症，他想有钱了，一定要带来芹去看看病。

年前，家里的牛卖了，卖了两千元，给医院打电话，那是电视里广告下的电话号码，对方接了，态度好得没法说，最后对方告诉来生，钱差点儿，再凑两千就差不多了，我们先给你登个记。

忙到半夜，他们终于炒好了一锅炸药。除了半袋硝铵，又用掉了来芹攒下的一袋洗衣粉，一筐木炭，那是来芹从灶洞里一块块用火钳夹出来，用水浇灭用作冬天烤火用的。

临睡前，来生对来芹说，等把杜仲皮卖了，引你去西安。来芹有些害羞，脸红得更加好看，说，到时候钱有多余的，你也看看身子。

石炮炸响的那一瞬，来生正蹲在石坎下点起一根烟。又挖又撬了大半天，实在太累了。石坎有些浅，来生只能把上半身缩在里面，腿脚只能留在外面，反正也没听说石头会拐弯。可偏偏一块石头就从天空上拐了弯，落在了来生的大腿根。

失血过多，来生到底没救过来。

三

广钱家有一片杜仲林子，有人说两亩，有人说三亩，广钱知道，四亩。

这片林地是广钱家的自留山，原来长的都是橡子树、松树、白桦。尤其是白桦，最霸道，挤得别的树没立脚的地方。峡河这地方，方圆几十里，都没有白桦，也不知道它们是从哪里来的，来多少年了。

有一年，县里有位画家从这里路过，见了，就住下了，画了半个月。

杜仲皮最值钱的第二年，广钱下了一趟湖北，在老河口一户人家买了一百斤杜仲籽，五十元一斤，装了一麻袋。广钱家有一只紫铜酒壶，是祖上传下来的，传了几代，广钱也不知道，反正到了广钱手上，就出了名，远远近近总有人出价要。

广钱背着一家人，一下子卖了五千。他用这钱购了杜仲籽。那买酒壶的人也是个收藏迷，买卖双方商议，如果有一天卖方想反悔，可以加价赎回来。

广钱把自留山上的树都砍了，那时候，发展经济林，国家也支持这个，一下子种上了杜仲籽。半年后，小苗儿从土里拱了出来，那个绿呀，真叫无边无涯。

日月轮转，杜仲苗由两片叶长到了碗口粗，广钱由青年到壮年，两鬓染色，杜仲皮却再也没值过钱。

虽然不值钱，可投入却从没停过。春施肥，夏打药，秋剪枝，冬翻土。广钱死活就不信，这么好的药材难道永远低价下去？总有一天，它会值钱的，那时候，自己所有的本钱就回来了，不只是成本回来，利也会成倍地回来。广钱至今都没告诉家人酒壶的去处，也没告诉他们杜仲籽钱的来路。

这一天，是个晴天，秋天的晴天晴得与任何一个季节的晴天不一样，那明亮，能看几十里。猿岭上的通村班车，隔着四十里看着像一只虫子，爬过来，爬过去。

广钱家杜仲树上有一只马蜂窝，明晃晃的秋光下，显得格外大，格外白。它圆圆的，光而滑，像只一个匠人用心做出来的木球。不知道有多重，它把树丫都压弯了。

广钱想把它摘下来。广钱不是好事儿的人，他心疼自己的树。马蜂是有毒的，它们的毒把周围的杜仲树蜇死了好几棵。

摘蜂窝的过程没有人知道，人们把广钱从沟里抬回家时，他的头上还趴着几十只蜂，那蜂有半寸长，利的牙、尖的尾，谁见谁怕。

广钱是逃过了一劫，脑子却变傻了，吃着饭，有时会冷不丁儿地冒出一句：我的酒壶回来了。老婆和儿子看他，手里是一只白瓷茶壶，上面一朵牡丹，红里滴翠。

四

峡河和秦岭沾着点儿亲，也和伏牛山靠着点儿近，不东不西，不南不北，好生长的，唯有树。这些年，杜仲皮不值钱了，山上偏生满了杜仲树，有碗口粗的，有胳膊粗的，到了春天，那春芽嫩鲜得能杀人。

人们采下来，猪却不吃，牛羊也懒得理，他们把它蒸熟了，晒干，泡茶喝，那茶水，明黄明黄的，喝多了，确有明目的效果。至于明了目，大家看见了什么，就不知道了。

在峡河这地方，杜仲树不叫杜仲树，叫司命树，杜仲皮也不叫杜仲皮，叫司命皮。

病中一年记

一

　　五天前骑摩托车回老家，在经过母亲现在住的房子时，她远远地看到了我，虽然眼力很差了，还是看清了我的头发，说了句：头发咋又白了。她的孩子中，我是头发最白的一个。孩子们都有自己的生活，很多生活是看不见的，只有头发永远明摆在头顶，隐无可隐。

　　摩托车是这些年我与老家来往联系的重要工具，到今天，已经骑坏了两辆。我骑在摩托车上，想停下来，又没有停，随口回了句：正常的。母亲不会看见的是，这一刻我的脖子几乎僵死，它像一根彻底朽腐的木棍，随时会咔嚓一声折断。

　　我现在骑的是一辆网上淘来的铃木王125，是2004年生产的，距今十六年了，早过了报废期。之所以淘来，是因为高品质的它能缩短两地间的骑乘时间，原来的钱江125要骑三个小时才能完成七十公里行程，现在这辆可以提前一小时，将长痛化为短痛。

今天早上，岳父打来电话，问我写了没写。他说的是低保申请。岳父因为肺阻塞已经两年没有躺下睡觉了。他从年轻到老年都是一个有尊严的人，这种品质在他相类的人里少之又少。

我说我尽快写，他说了句"谢谢"。病痛可以让人像摘下身上某个器官一样摘下尊严，到了今天，我能深深懂得这种无奈。这一刻我特别惭愧和羞愧。

前几天刷视频，刷到一条内容，有两个人是好朋友，一个骑三轮车拉客挣生活，一个练书法。练书法的穷得没地方住、没饭吃，他的字已经写得非常好了。骑三轮的把朋友把他接到自己家，一个照常骑三轮，一个安静练书法。到了八月十五，骑三轮的去买了二十元钱的猪头肉，这是他一天的收入。

那天他肚子不好，从厕所出来，桌上的猪头肉只剩下了三四片。那一刻他突然泪奔，朋友问怎么了，他什么也没说。多年后的今天，他说那一阵是他一辈子最惭愧的一刻，他惭愧于从来只按照自己的生活标准，从来没想到过应该去买一次肉。今天，我的惭愧与他的，如此相异，又如此相同。

天异常冷，冷得超过了往年的同期，我打开电火盆，又打开了平板电脑。今年特别忙碌，又特别无效，忙碌的是内心，无效的是文字，到今天，欠下了一大堆文字债。十平方米的房间一会儿就变得灼热起来，嗓子干疼，我把窗子打开了一半，一阵风灌进来，止不住猛烈地咳嗽起来。一口池塘，塘底扎满了芦根，风无力地把芦苇拔起，它惊动了芦根下的沙泥了。

街上真干净，天空一碧如洗。这个小区据说是小县城最大的移民小区，入住的人不到十分之一，人们或出去打工，或在乡下，街道显得清冷。

这是大部分移民城填的普遍情景。在早餐店，我要一碗胡辣汤和四个包子。食客们出出进进，急急匆匆，快过年了，没有一个闲人。汤很有味道，包子也没有偷工减料。感谢来自周口的河南夫妻，为小城人提供了如此廉价的吃食。

二

虽然是邻县，虽然也有昔日同行的朋友，我还是第一次到镇安。

这是今年以来持续时间最长的一场秋雨，从9月中旬开始，稀里哗啦下了近一个月了。这里是真正的秦岭腹地，山是这里的主宰。按地理划分，属长江流域。山上的秋雾像一张毯子，从山顶一直蒙下来，到了山脚，"毯子"的边缘变得毛刺刺的。刺缝间，是一些村庄，村庄里有鸡鸣狗叫。

9月，我入职了北京大爱清尘公益积金会。作为昔日同行，作为同病相怜者，也作为工作之需，我来看望一些人。冬天还早，但秋天已经很深了，有些地方秋冬是泾渭分明的，有些地方秋冬是含混的，彼此交错，比如海拔一千五百米的界河村。一些人早早地穿上了棉衣，一些人家烧起了柴火炉子。

家家屋檐下码着高高的柴火堆子，它们尺许长，粗粗细细，新新旧旧，人们要用它度过漫长的冬天。这种柴火堆从天山一直铺到东北，占领了中国北方农家的屋檐，在生活和岁月烟尘里上演着重要内容。

第一家，是周农明家，他是一位机械师傅。

周师傅上金矿那年已经三十五了，在苦寒的山乡，三十五已经不年轻，但他开过十年面粉加工坊，对柴油机特别懂，工头死活把他拽去了。那时候，矿山很多开空气压缩机的师傅都是开拖拉机、面粉坊起步的。周师傅开的第一台空压机匹配的是六十匹马力的四缸柴油机，比起他曾开过十年的小马力，这是真正的巨无霸。

第一年，从开工到年终，他始终没有回过家。工程终年不息，机器也必须二十四小时转动。机器旁有一架小床铺，周师傅日夜守在这里。机器喷出的浓烟，充满了整个小屋子，把他熏成了包公。

每顿饭菜由厨房送过来，每次抓起馒头，上面都会留下黑黑的指痕，又被他吃下去。此后许多年里，随着大大小小的工队，周师傅走遍了北方。有时候在洞外开，有时候在洞内开。他说在甘蒙交界的马鬃山，在洞内待过三年。

周师傅们是我无限熟悉的群体，工作上，我们曾经有过十六年交集。我与周师傅，或许见过，或许曾交肩而错，彼此早已相熟到骨头，两个多小时里，我们心有灵犀，有太多的话，太多的回忆。他现在是尘肺病三期，我知道，这个病没有四期。

过了河，是一段上坡。雨暂时停下来了，看得出来，过一阵子它还会返身回来，因为雾还在，且浓得扯不烂。我没有记住这位患者的名字，后来我尽力回忆，好像姓戴，这是一个不多见的姓氏。他接近一米九，虽然憔悴，依然高大。他是我的同行，一位爆破工。

他家房顶上有两片玻璃明瓦，一米见方。这在北方农家，我第一次见到。天光从瓦上打下来，放大、变幻，铺满了整个客厅，让空间变得明亮了许多。他坐在一张小木椅上，鼻孔上插着氧气管，天光让他的脸色更加惨白。小型的制氧机在身后发出吱吱声。

他说他已经一年没有出过大门了，他想晒一晒太阳。他的爱人从厨房出来，端着一碗水，准备给制氧机加水。按要求，制氧机只能加纯净水或矿泉水才有效果。她说，矿泉水一瓶只能用两天，要一块多钱。

领路的小沈说，界河村现在有一百二十多个尘肺病人，三年前有一百五十人，三年里走了三十人。他也是尘肺三期，有一张娃娃脸。

从镇安回商洛的大巴上，乘客不多，我一个人占了两个位子，索性就半躺下来。我感到从未有过的累。一路上，窗外秦岭如染，我没有力气抬头。我想过无数事情，有些事情一闪而逝，有些事情慢镜头一样不断回放，我努力驱赶它，但没有用。

我给爱人打电话，她说，你经历了太多，希望你不要再看到太多，看到的，有时候比经历的还要人命。

在商洛客运站，我一阵小跑，终于赶上最后一趟回家的车。

三

3月、4月、5月，异常漫长，长得像一个梦，在这个梦里，我出出进进，忙忙碌碌，似乎做了很多事儿，其实什么也没做。其间受邀到南京和桂林做过两场诗歌分享活动，它让我知道今天依然有那么多人热爱着诗歌，而我，似乎离诗歌越来越远了。

到了7月，我做了个长长的计划，我说的是农历。很多年前，就有一个念想，去看看风陵渡，看看黄河，看看横跨陕晋的钢铁大桥和两岸人烟。

不仅是我个人青年以及中年里曾无数次从这儿北上，而且更重要的是，无数的青春从这里出发，又在这里消失，他们的命运在此被一条河拦腰斩断。风陵渡以及浩荡的河风充当了太多的见证者。

我设计了两套方案，一个方案是骑摩托车，这样方便自由；另一个是坐大巴，丹凤客运站有发永济的大巴，打风陵渡经过，好处是省力。对于前者，考虑得异常周详：可以黄昏出发，从家到黄龙镇路段可以晚上骑行，天亮正好进入渭南，而茫茫渭塬，小小摩托车将如鱼入海，自由和安全都属于自己了。

我想到了颈椎的承受能力，设计出了回程中可以戴着颈托，

2015 年从交大医院带回来的颈托还在。

对于地理，对于地理上的烟火风物，它的前生后世，我有超于常人的兴趣，这奇怪的爱好自哪里来，我也不知道，总之，就是痴迷。我到过数不清的荒川与边野，无数汗水洒在隆隆炮声里，而目光与心事却落在了漠漠人烟与无边风物里。人有数不清的欲望，贫穷的富有，逼仄的开阔是另外一种。

7 月终于到了。一天早上，爱人突然打来电话：我已到了韩城塬上，正在摘花椒。这意味着我的计划泡汤了。今年，我们常常分居两地，我在县城，她在老家，多年的人各东西，彼此早已习惯了。

这已经是爱人连续第三年去韩城塬上做椒客了，这是一个类似麦客性质的群体，不同点是季节与工作内容。麦客已经消失很久，椒客产生大约有十年历史。我曾写下一篇《韩城塬上的椒客》的标题，因为不熟悉她们的生活一直没有成篇。

一天，爱人发来一些图片，她的十根指头缠满了胶布。她说这样可以防扎。她说手上扎了椒刺怎么也挑不出来，要是涂上煤油过几天刺儿就烂掉了，可不知道哪里有卖的。

地里的玉米已经锄过三遍，爱人已经完成了今年土地的绝大部分任务。下一步，就是等待玉米成熟、收割，这是一个漫长的过程。

从我老家东行三十里就是河南地界，那儿有很多民间乐队，专为农村红白喜事服务。这是一群很有意思的人，他们无师自通，吹拉弹唱，身怀十八般武艺，他们是今人，也是古人，总之，都是有故事的人。把门前的菜地锄过浇过一遍，骑上摩托车去看他们，其中有些人是我的朋友。

这是一位八十岁的老人，走在了炎热的 7 月。这些年，乡村的白事总是比红事多。我赶到的时候，一支队伍正在上山，一百多人浩大的队伍，白压压一片。乐队吹的是《百鸟朝凤》。《百鸟朝凤》并不是喜乐，它的成分极其复杂，人间悲欣都在其中。上山路很陡峭，棺材沉重，乐借人势，人借乐势，悲怆而壮烈。人是自私的、个体的，只有这一刻变得浑然一体，像誓死的队伍扑向一座堡垒。

二十年前，在秦岭腹地我看见过相似的情景，五十人往山顶抬一台空压机，巨大的机器不能拆卸，没有路，只有陡峭的岩石，人们赤着身，喊着苍凉的号子往山顶一寸寸挪动。在他们身后，我不知道为什么突然热泪盈眶。

拉拉杂杂记下这些，它们只是这一年巨大生活的冰山一角。倘若你到人群里随便拉住一个人，他都会感叹这一年是何等不同寻常，何等漫长而艰辛。这一年，许多人、许多事，都发生了深切的变故，电影一样的剧情之后，我们再也回不到那个往日。命运无常，生活具体，它无时无刻不在提示你活着的疼痛与质感。

一个人再也没有 2020，一个时代也一样。

理发

忘了从哪年起，我理发这事儿，都是由爱人来完成的。

那些年在矿山，那时候年轻，头发长得特别快，出门前，第一件事儿就是理发，回到家第一件事儿也是理发。老家没有理发店，去镇上既花钱又费时间，还特别远。有一天，我翻出一把剪刀扔给爱人："给我把头发剪了。"

剪刀是她从娘家带来的嫁妆之一，原是用来裁剪衣服的，也修手脚指甲，七八寸长，好久不用依然锃亮，威猛得很。爱人颤颤巍巍地拿起来，在我脑袋上试着耕作。在此之前，她连羊毛也没剪过，哪里接过这么重大的任务。

十年磨一剑，慢慢地，如今她已练出了手艺。除了给我剪头，也给邻居剪头。有几回要去重要点儿的场合，顶着爱人理出的发型，竟平添了几分底气。

我曾观察过全国各地人群的头形，发现形状各异，各地有各地的形状特点。要说好看，当数东北人，那是真正的砖型；要说难看，就是秦人，连我们自己也谓之红薯头，一颗中间粗两头尖的红薯，不好看，也不好理。人类的科学还远远不足以解释人类自身现象，许多物状的形成，一定有特殊的密码。

十四五岁时，有一回去山上砍柴，一根干树枝从树顶断了，落下来，砸在我头顶上。树对加身的刀斧没有办法，也算找准了复仇的对象。我没有被砸死，却把头顶砸出了一个坑，皮骨分离，从此那鸡蛋大一片，再没长出过好头发，像一片庄稼被谁打了百草枯，又像遭了火灾的现场。爱人剪刀到了这儿，总要怔一下，我能感觉到剪刀在那儿的犹豫。

爱人说，你的头越来越难理了。我知道，那是因为白发和脱发。

谁还没有过一头青葱的水草。

四十岁前，我好像从来没有过洗头膏的概念，从少年到中年，一直使用的是洗衣粉。矿山环境里，头发特别容易脏，机器开动起来，粉尘弥漫，工友之间，不敢张口说话，只靠头灯和手势交流。地热凶猛，我们在塑料安全帽周围用铁丝烙出一圈孔，用以散热透气，自然，粉尘们也乘虚而入。

一班下来，要洗三盆水，用半包洗衣粉。那会儿的洗衣粉特别能去污，一把洗衣粉揉在头皮上，像泼上了一摊火，烧得慌，但清过水后，清香弥漫，头发光溜又苗壮，人也因而精神。

有一年，在灵宝阳平，我们接了个千米巷道掘进的工程，这也是职业生涯到此接到的最大工程，大家欢天喜地。工程干到一半，老板没钱了，工人们穷得烟也抽不起，我们开始卖用秃了的废钻头。那时候，矿山到处是收旧物的女人。

我们那片儿，被一个女人包了，谁也不知道她叫什么名字，身世怎样。她背着两个包，上山时，里面是袜子、香烟和小吃。她从沟口开始，一个工棚一个工棚地过，再下来时，已经满满两包矿山物件。她还年轻，不卑不亢，俨然一个公主。有一天，我卖给她三颗钻头，给了我十五元。

那会儿我刚洗过头，头发湿漉漉的，她看了看我，说："兄弟，你在矿山，实在是糟蹋了，还是干点儿别的吧！"半个月后，矿山暴雨发大水，大水从山顶漫下来，席卷了整条峪。她永远埋身在了矿渣里。没有人会记得一个自食自力的女人，也没人记得一个人消散在千米巷道的青春。

头发难理，难在扬长避短。既要有模样，又要遮去岁月的痕迹，给生活和生命世界添一丝生气与勇气。这就像一棵树到了冬天，却要开出花叶来。现在爱人给理发时，就特别慢。她站在我的身后，一站半个小时，我有颈椎病，她也有，我可以在椅背上靠一下，她却不能。

我知道，她的犹豫是对自信的犹豫，也是对眼前世界的犹豫。对于强大的生活，对于这个看不见尽头的世界，没有哪个女人真正自信过。

在理发时，爱人习惯停下来，一根一根拔去我头上的白头，这个过程小心而认真。从十年前开始，我一直有熬夜的习惯，经常熬到十二点多，熬夜的结果是两鬓白得非常快，在同龄中，我是白发最多的一个。我虽然反对爱人这个习惯，但确实从中获得了某种安宁，一个远行的人返身回家的感觉。这些年，她也有了白发，仿佛它们具有传染性。

今天是腊月十九，农历庚子年只剩下十一天了。中午吃过饭，天暖和得像三月阳春，门前的山茱萸结出了嫩黄的骨朵。爱人说："给你理理发吧！"她翻出剪刀，罩上门帘，在我头上细细剪下去。农村的说法，正月不理头，理头死娘舅。我早已没了娘舅，主要是，她有了难得的半日闲。

她个头低，一米五多，瘦小，九十多斤。她努力踮起脚，打理我的头顶。剪刀在轻轻游走，我感到铁的凉意，铁的凉意后面是手的温度。这双手，抓住过许多东西，又差不多都放走了，只剩下粗糙的皮质层。

收起剪刀，吹去脖子上的发屑，爱人说："今天又节省了八元钱，真好！"

我的春节回乡路

　　我拉拉杂杂地记录下它们，这是我的春节回乡路，也是许多人的回乡历程。

一

　　2019 年 1 月 30 日，即农历腊月二十五，贵州省绥阳县这座黔北小城，已经有了浓浓的新年气象。

　　早晨起来时，十二背后旅游区所在地温泉镇双河村天还没亮，远山的峰峦和山脚的双河客栈笼罩着重重的雾气，雾气偶尔被吹开的地方，依稀望见青山苍翠。一夜小雨，水泥地上一摊一摊地汪着水渍，倒映着乌瓦木格的建筑群和彻夜未熄 的灯火。

　　客栈前台的姑娘还没有上班，但门开着，这是客栈服务的一贯风格，方便客人进出和求助。我把房卡放在了桌上的电脑键盘上，带上门，匆匆赶往村里的客车点。昨晚已经沟通过了，第一趟回县城的班车六点半发车，先到先上，满员即走。

我将乘坐的由遵义至重庆西再倒车中转西安的火车晚上八点发车，按说时间还十分充裕，但眼下是回乡客流高峰期，什么情况都有可能发生，昨天下来参加景区春节活动就在路上堵了三小时。更何况，火车票一票难求，手里的票还是半月前网上抢的，错过了，连改签的机会都没有了。

绥阳—遵义—重庆西—西安—丹凤—峡河，这是我此次回家过春节的路线图，与往期不同的是增加了重庆西的转车。不知道什么原因，往日遵义直达西安的车次停运了。

在遵义打工提前几天回家的表哥听说我也将转车，急得在电话里直叫，他与我的乘车路线基本相同，从重庆西转车重庆北，打车花了一百多，差几分钟上不了火车。我告诉他，我比较幸运，这次是同站转乘。

要提及的一点是，从 2017 年 1 月，我结束了四海为家的矿山打工生活，开始了在贵州绥阳县这家新开发的旅游区营销中心的文案工作。多少年打工生涯里，回乡的节点和事由各不相同，但归心似箭的急迫心情永远是一样的。

从绥阳至遵义的国道上，返乡的车流急急撞撞，像一阵阵波浪奔涌。从车牌看，它们来自浙江、福建、广东、广西等不同省区的不同地区。

邻座的当地青年说，这些都是成功的年轻人，他们在外面挣到了钱，有了事业，车是他们的回乡工具，更是身份颜面，只有那些混得不如意的人才乘汽车乘火车，乘飞机和高铁的，多数也不如这些自驾的有出息。我看到有一些车已经面目全非——由于急迫或路况不熟，它们撞车了。

车窗外的细雨一路沥沥不断，两边的田地里，油菜、白菜、小葱碧绿如茵。这是南方人最值得让人羡慕的地方，一年四季绿菜不断。

不得不承认，经过这些年的发展，尤其是旅游业的大力投入，十万大山的贵州早已不复往日模样。城市的规模与灯红窗碧自不必说，路途的农舍建筑一律是别墅式的了，虽然样式千差万别，格调不一，但面积都很阔绰。

偶尔几幢古旧的木板式黔北民居风格的老房子夹杂其间，作用似乎只在用以唤醒人们对这片土地过去的记忆与想象。

我弄不清遵义高铁新城在遵义市的哪个方向，好在客车站与火车站只相距了二百米的距离，一会儿就到了，也好在我只背了一个简单的行李包。电话里家里年货已买齐，我不用再劳神费力，只负责吃就行了。

候车室人潮如海，一部分人抢了座位，一部分人只能站着或坐在随身的行李箱上。车站的座椅从来没有够用过。

车站是一个回归和出发的地方，车票如一件信物或暗号，人们用它与下一个人或故事接头。年关的时刻，似乎每个人背负的接头任务都格外沉重。

二

刘鑫是陕西安康人，算是我同省不同地区的老乡。陕西人习惯把老乡称作乡党，我至今弄不清"乡党"一词的由来和确切含义，党者，即同党、同志，党同伐异，大概是比老乡更亲近可靠的一层意思。乡党，是陕西人称呼老乡的专用词，别的省份没见用过。

刘鑫告诉我他三十五，看着三十不到，显年轻。安康是陕西的南国，鱼米之乡，水土养人，岁月的风尘在环境和人面前就变得迟滞一些。他在贵阳打工，在一家酒吧做调酒师。2018年6月入职。此前，在广东、江苏都混过。

遵义至重庆西，车程近三小时，他讲了一路，也许是服务工作的长久熏陶，他特别能说话，从他的家庭一直讲到工作以及将来。

刘鑫只读到高二就辍学了，以他的成绩原本是可以上大学的，但高二那年，家里出了变故，故事的开头是喜剧，后来变成了悲剧。那一年，刘鑫家的房子被拆迁了，修高速公路，国家一下补偿了三十万。十八年前，三十万不是一个小数目，那是一个天文数字，几辈人都没见过这么多钱。

钱是壮胆物，有了钱，人的心就变得大了，不安分了。刘鑫的爸爸和几位村邻商量修发电站，那时国家上下都鼓励创业。村子旁有一条大河，水量丰沛，白哗哗地日夜流过。

本来刘鑫的爸爸也不懂发电站的事儿，起因是他在甘南的白龙江上给福建老板打过工，算是有点儿见识。福建老板在白龙江上修了许多发电站，入了网，国家每度电补给两毛多钱，一天一夜发十万度电，就是两万多元，钱哗哗地往包里回流。这是一劳永逸的事业。

但村旁的河水远没有白龙江的流量和落差，这就需要修坝引流。大家请来了省里的专家，勘测、论证、设计、施工，用了一年多时间，集资花去了一多半，电站也建成了一多半。接下来要买发电设备，就是机组设备，集资人没一个人懂这方面的事，他们半辈子懂的只有庄稼。

悲剧就出在这里，他们通过一个熟人，联系到广东一家工厂，说是这家工厂专门生产这类设备。厂家也派来了人，考察了电坝，同意供给机组设备，但要一半现钱，余下的，可以边发电边给付。大家背水一战，把几十万一下子打到了对方的账户上。接下来，故事的下文如一些人所料，就是肉包子打狗，有去无回。

家里赔光了钱，刘鑫也无法继续上学了，退了学，开始南下打工。这也差不多是陕南无数青年选择的路。

车厢内水泄不通，空调的热力加上人体散发的、嘴巴呼出的热气使车厢热若蒸屉。人们脱了外套、敞开了衣扣。车厢外面的世界已经黑透了，一闪而过的是家家灯火、公路上飞驰的车流。人们打起了瞌睡，有一些人在甩扑克，有一些人在低头看手机，一闪一闪的屏光映着神色各异的脸。我发现行李架上堆积的多是拉杆箱、双肩包这些，已几乎看不到十年前的编织袋、布包裹这些了。这是物质丰富和生活前行的实证。

我和刘鑫各要了一桶方便面、一袋乌梅干。在我翻钱包时，刘鑫抢着扫了收费微信二微码，替我付了。

刘鑫说，这次回来就不打算再出去了，父母年龄都大了，家里的山坡地再也种不动了。他打算在县城租个店，办一个现代型酒吧。他说，在外面闯了十七八年，钱也没挣下多少，要说收获，就是还说得过去的调酒的洋手艺。这是每天数百只酒瓶甩出来的，有时把胳膊甩得差点儿要脱节。

重庆西站到了。我和刘鑫以及一大群人提了行李倒车，而更多的人继续奔向成都、巴中、西昌、乐山，以及更远的地方。

三

K1034 恐怕是中国当下所有火车中最慢的一趟，这样的速度只有在十年前的河西走廊里经历过。那时西安到奎屯，茫茫大野，两天三夜，那时候，对于大部分人来说，时间和耐心有的是，而钱怎么省也没有多余的。用时间换钱就是最现实的经济学。

夜已经深了。座位上的过道上站立的打坐在马扎上的旅客们东倒西歪着。车轮声铿锵，重庆北、华蓥、广安、达州从窗口一闪而逝。沿途村庄的灯火已渐渐熄灭，当灯火闪耀陡现，那是某个小镇或县城出现了。

列车服务人员推着车，挎着包，做一天最后的产品推销，皮带、充电宝、果干、陀螺、凳子、袜子……过道里的旅客们被迫一次次站起来，为推车让道，一脸的无奈。这些服务员，也许一天的任务还没完成，也许想为明天的销量任务减轻点儿压力，总之，生活，没有一件事是轻松的。

车到广元时，"咣当"一声刹车，我被从梦中惊醒过来，抬眼望向站台，地上茫茫一层大雪，天空中的雪花还在急急匆匆地飘落着，在灯光中显得清晰而凌乱。山上黑洞洞的白，那里的雪一定更厚、更密实。

广元，是陕川两省的分野地，也是主要的交通站口，下车的很多，上车的也很多。下车的由此转车回川地，上车的多是在四川打工归乡的西北人，他们大包小包，挤挤挨挨，全然没有南边归来的人群洋气。地域的工作、经济状况的差异由此可窥一斑。

乾县姑娘小刘上来时，身上带着一股冷气，头上顶着几片雪花，她在车门上挤了很大一阵，才挤上来，而一些人，只能等待下一趟车了。车厢更加拥挤，车厢接头处也站满了人，厕所总显示着"有人"二字。小刘头上的雪花很快就化了，变成了水滴，她用手擦了一把，因为用力过大，有两滴甩在了我的脸上，她抱歉地说了句"对不起"，我们就认识了。

小刘面容姣好，一双有神的大眼睛，不相称的是那双手有些粗糙，这是野外长时间作业的结果。果然，在闲话中，她说在一家预制品厂做水泥活儿。这让我多少有些吃惊。她看出了我的诧异，一笑，这有啥，既然是打工挣钱，哪行挣钱就干哪行呗。我连忙说"是的是的"。

邻座的另外两个人看手机直看到息屏,没电了,不住地打起哈欠。小刘提议打牌,她从包里抠出一副扑克。我们四个斗地主,惩罚手段是在输者脸上贴纸条。

我打得心不在焉,输得最惨,脸上被贴上了一片又一片,从车窗玻璃上看,像电影里的妖怪。我想起十年前也曾有过这样的待遇,那是第一次去新疆,寂寞长途中打扑克,打发饥饿和时间。

车过了安康,天渐渐亮了起来,两个人终于支持不住,趴下睡了。窗外的雪更加紧急,也更加厚了,山坡上白雪皑皑,枝头垂银挂素。

我一直担心由西安至丹凤的班车会不会停运,这是雪天秦岭段常有的情况,就在朋友圈发了求助问询。不一会儿,一位在商洛公路系统工作的微友回复,昨天已封路了,今天有个别路线开封,中午时间丹凤方向估计可通车。

小刘快要到家了,显得有些兴奋。长期体力劳动的人,都有一副好体格,何况又年轻,虽是长途劳顿,她并无一丝憔悴。她问我老家在哪里,我说商洛丹凤,她更加有了兴致,说她就在商洛读的卫校护士专业。我知道,商洛卫校很不错,来这里求学的外地学生很多。

小刘说她卫校毕业回到家乡镇卫生院当护士,一干五年。她业务素质很强,开始干得顺风顺水,后来就不行了,卫生院分来了很多大专毕业的卫校生,而她只是中专生,文凭上差着等级。后来医院实行淘汰制，文凭越高越有把握留下来，大家都无心服务病人，拼命复习去考级。

小刘考了两年没考过，越来越没希望，受大家白眼，而那些拿到高级文凭的，不要说用药，连扎针都找不到病人的血管。小刘一气之下，不干了。

讲到后来，小刘有些激动，她大着声音说，乡党，你不知道有多气人，那情形，是个人都受不了。现在好了，虽然出力，但讲真本事吃饭，我还是厂里的大工哩。

四

2月1日，天终于晴了。

由丹凤县城通往老家峡河的公路一律是崎岖山路，峡河地处丹凤北部，人称北山，北山高峻，雪就积得更厚，每天一趟的城乡班车前一天就停运了。早晨六点给车主打电话，回复说今天上面通知让发车了。利用早晨班车未至的时间，逛逛县城街道，顺便买点儿用得上的东西。

县城条条街巷，挤挤挨挨，热闹非凡，卖菜的，卖鱼的，卖对联的，卖电器的……喧喧嚷嚷。但留心看，物品的丰富性较往年已单薄了不少，人们也是看的多，买的少。不得不承认，春节这个重要了千年的节日，已经不那么重要了。虽然在外者不远千里万里地赶回来，目的已不仅是吃和穿了，人人都有一本春节经，其中的内容只有个人知道。

与我工作了两年的黔北县城比较，家乡县城的发展已显迟滞，这不仅表现在建筑规模上、私家车辆的规格上，也表现在客运部门服务观念和意识上。

比如面对客流高峰，运输部门没有应对的方法，也许是限于财政、限于物力，没有安排加班车辆，没有实实在在的提速措施，大量回家的人在车站滞留，以至于怨声不断。这在很大程度上影响了人们对家乡的亲近感、认可感，回乡创业的梦更加只能是梦。这是一道悖律循环题，似乎无解。

在车站拥挤了大半天，下午五点多终于挤上了开往老家的车。班车把第一拨人转运到半路，再转回来接下一拨人，目的是躲开交警的检查，也为了不至于使回家的人落下。两拨人挤在一块，车厢如同柴房，司机不敢开得太快，站立的人更加辛苦而焦灼。

据相关消息说，中国西部很多条高铁线的营收已不够电费，还在大力投入高铁建设，而许多乡村只能靠车辆严重超载来应对回乡人流。

通往家乡的每一条小路、每一座山、每一支溪水都是那样熟悉、亲切，这些山、这些路、这些溪流中有我的童年、少年、青年的悲喜。我们这一代人，无论走得多远，是永远也走不出这些记忆和印迹了，而车上的小青年们已全无这份感觉了，他们在挤挤挨挨中低头专注地看着手机。他们是失却乡愁的一代人，像鱼一样，记忆越来越短。或者说，他们的乡愁已经换了内容和形式。

到家时，天已经黑透了，原本只有七八户人家的小村子，灯火更加寥落。家家窗户上伸出一支铁皮烟囱，烟囱里冒着白烟，这是柴炉的烟。整个冬天，家家户户靠它取暖。

接过爱人端来的碗，这是一碗浆水面，面条柔细、精匀，汤面上漂着碧绿的葱花。喝一口汤，一股酸辣的清香直冲喉咙。整一年光景没有吃到过它了。

吃着饭，我想起父亲，在荒草掩映中，在那边世界，是不是也孤单寒冷？

明天，该为久别的人烧几张纸了。

赶路的人
命里落满风雪

媒事

深冬的下午，太阳无比明亮，风也无比明亮，天空没有一点儿杂色，田地、乱草丛、通镇的公路，干干净净。我把摩托车停到了张国庆院子里的桃树下，桃树没有一片叶子，只有三颗干枯的旧桃挂在枝头，像懒得飞走的大虫子。他正用一把砍刀一下一下地剁着木块，这些用电锯分解的木头块，加工后，将用来制作天麻的培养菌。

张国庆叼着一根烟，剁得异常专注，迎着木块的横截面，手起刀落。木块一分为二，二分为四，地上白花花地铺开很远，待铺得差不多了，再用铁锹堆积起来。这是村子整个冬天家家唯一的活路，待到了开春，它们将被种子一样埋到地下。

我递一根烟给他，因为嘴巴已被一根烟占着，我夹到了他的耳根里。他的耳朵很薄，阳光穿过耳轮，照见弯弯曲曲的毛细血管，粉红又老旧。我说，你随便说，我随便听。

两天前，我们已经约好了听听他这些年的经历。他是村子目前唯一的媒婆。

他说，行。

一

还是先从我们村子说起吧。

我们村子叫银河村，银子谁也没有见过，河倒是有一条，就叫银河，也不知道这名字是怎么来的。银河有七十里长，莽莽苍苍的，夏盈冬枯，基本上算半条季节河。银河出了我们村范围叫武河，再往下叫什么，就不知道了，据说银河水最后流到了武汉，进了长江。

银河村和银河一样长，也是七十里，也是莽莽苍苍的，至于宽度，就有点儿意思了，两山夹一河，山势没点儿正形，高兴的地方展开身子十里八里的，不高兴的地方收缩到一二里。村户稀稀拉拉地趴在山脚里，有时候走好几里不见一户人家。

20世纪90年代是村子人口最兴盛的时候，有两千人，现在就不大清楚了，估计一千多人吧。不少人家整年锁着门，长一院子草，也不知道人都去了哪里。

我做媒婆快二十年了。媒婆都是女人做，可我是个男人，说起来让人笑话。我也不想做，可总有人来邀请，没办法。媒婆不能当饭吃，也算不得手艺，不像医生、瓦匠啥的，能养家糊口，说到底，就是个帮忙的。看到一对年轻人成了家，有了孩子，说说笑笑进出，我也高兴，像完成了一件使命。

这一帮忙就是半辈子。人在世上就是这样，你帮人的忙，人帮你的忙，我这岁数了，身体还行，这就是积了德。人在做，天在看嘛！

要问我这些年促成了多少婚姻，我也忘了，人家忘了我，我也忘了人家。村里早先有三四个媒婆，有的死了，有的跑不动了，现在就只剩下了我，现在我也快跑不动了，也不知道将来还有没有人做。

这些年媒婆特别难做，主要是年轻人要求高了，个性都强得很，成功率小了，再一个，就是男孩多，女孩少，失调得厉害。有一句话叫作：强媒恶保狠中人。就是说媒婆要强硬，保人要凶，中间人要狠，怕得罪人，稀泥抹光墙做不成事。现在的年轻人特别不好说话，不像以前，媒婆能当一半家。

2020 年是个不一样的年景，人们收入不好，成婚的也少，今年一共撮成了三对，两少一老，说起来，真不容易，像电影似的。其实日子就是一场场电影，没了婚姻，就没了高潮，变得寡淡了。

二

肖肖在镇上银行上班，是个柜台员，每天体体面面，按时上班，按时下班，朝九晚五的，是份让人羡慕的工作。工作是好工作，但也挣不了多的钱。小地方，工资低，工作五年了，车也没买，已经二十八岁。农村人说过了三十无少年，他急，父母也急。婚姻是条拦路虎，一开百开，一不开百不开，别的不说就说房子，老家修也不是，镇上买也不是，县城买也不是，因为你不知道将来的媳妇是哪里人，有啥要求。对方要求县里有房，那镇上就白买了，对方说镇上就行，那你买了县里房就白瞎了。对于大多数人家，打算可以千万条，可钱只能顾着一处。

正月初三，肖肖父子到了我家。肖肖骑着摩托车，载着他爸，带了两条芙蓉王和两瓶西凤酒。农村的习俗讲好事成双，既然是好事，礼物自然也是双份的，这也是这些年保媒的入门规格。肖肖的爸和我同岁，是一块长大的发小，他脑子活泛，知道孩子读书的重要，肖肖是村里不多的大学生之一。

如果男孩子已有了事实的目标，哪怕是心仪的目标也行，媒婆只是传传话，牵牵线，就好办，哪怕女方要求再离谱，都有使劲儿的方向；难的是男方根本没有目标，这就像打猎，不知道猎物在哪儿，你该上哪座山。肖肖就是后者情况。

肖肖玩了一上午手机，看得出，他心思也不在手机上。我和他爸掰着指头把村里村外的姑娘数了个遍，可数了半天也没个准。一方面肖肖二十八了，没有年龄合适的，另一方面，村里的女孩子初中、高中一毕业就出去打工了，在外面有没有朋友，愿不愿回来，谁也弄不清，年轻人有年轻人的世界。

最后，我拍了板：撒大网，抓重点。我让肖肖发动了摩托车，往双岗出发。双岗早些年是个独立的村，后来撤并村子就归了银河村。沟垴王良家有个女儿，叫小凤，二十四了。这会儿疫情正严重，村与村间封了路，村与村的人仿佛成了敌人，老死不相往来的架势。这也是我首先选择小凤的原因，同村，少了盘查的麻烦。

王良没有儿子，只有一个女儿。那些年，计划生育抓得紧，超生了往死里罚，谁也不敢多生。一个女儿就要招上门女婿，上门女婿有上门女婿的条件，不能将就。这一拖就拖到了二十四，到了现在，也不敢讲条件了，上门不上门都行。作为媒婆，谁家啥情况，我心里都有一本账。

王良和小凤都知道肖肖，只是肖肖不知道他们。从五六岁上学到工作多年，肖肖算半个外乡人。小凤长得不差，高挑个儿，唇红齿白的。那天，两人一见，就对上了眼。那天晚上，王良老婆给做的长水面。我暗暗欢喜：想不到马到成功，这么容易。

到了3月，该定亲了。商量彩礼，房子。

这会儿小凤到了广东，在制衣厂上了班，电话打回来，一切由父母做主，厂子制度严，不放人。我和肖肖父母一阵高兴。媒婆看似中间人，其实是男方的人，凡事都得替男方着想，当然，也得主持基本的公正。媒婆这事儿，看似商人却不是商人，只有坚持了公正，才能走得远。

彩礼很简单地商量好了，二十万，这也是村子这儿的标准线。在房子上，却卡住了壳，小凤要求在西安买，肖肖不想在西安买。电话里小凤说父母做主，那是推辞话，现在的年轻人，哪有父母做主的。小凤寸步不让，不买到西安就拉倒，没有理由，没有商量。我让肖肖给我交了二百元话费，说："这工作我来做。"银河村到西安三百公里，那里没有工作，没有亲戚，跟谁也没有半毛钱关系，那是另一个世界。这事儿看起来简直就是玩笑。这事儿我都不同意。

我打完了二百元话费，也没能说服小凤。我又做王良两口子的工作，两口子一个口气：人老了，做不了主。最后，肖肖家贷款三十万，凑了首付。

眼下，这一对算是撮成了，对我来说，算是完了一桩任务，但我知道，两家都窝着心。现在，两家在做着结婚的准备，但我隐隐觉得，就是结了，还得离。这些年，离婚的比结婚的都多，这也是根本原因之一。婚姻已不是婚姻，成了交换，也成了一些人的梯子，要往哪里爬，他自己也是糊涂的。可这就是事实和现状，村子越来越不像村子，人越来越不像人。

三

农村的习俗，六、腊不提媒。六月初十那天，老蜡到了我家。

老蜡之所以叫老蜡，与他年轻时的职业有关。他不姓蜡，姓刘，刘姓是村里的大姓。那些年村里成立样板戏班子，还是孩子的老蜡被招了进去，他那时候当然还不叫老蜡，叫小刘。小刘有一副天生的好嗓子。

这里顺带说点儿题外话，其实也不算题外话。我们这个村子有二三百年历史，这是祖谱上记载的，二三百年前人烟怎样，就不知道了。二三百多年前，先人们闹太平天国，占领了大半个南方，眼看要成功，后来失败了，死的死，逃的逃，有一股就逃到了这两省三县的角角里。

有一年，外面来了一群补锅修伞的，口音和我们一模一样，我们才确信，祖上确实是南方人。我很小的时候，听得最多的是花鼓戏。我们上学去，听到山坡上有人唱，牛慢慢吃草，人有一阵没一阵地唱，好听得很，有时干脆逃了课，听大人们唱前朝古人男欢女爱。

老蜡开始唱戏的时候，花鼓已经不准唱了，他们班子唱的是京剧。据说京剧是北京的戏种，北京是首都，京剧自然就成了那会儿的国剧。京剧不好唱，老蜡一遍一遍学，这孩子有狠劲儿。

有一天晚上，是个大冬天，老蜡自个儿练习《武家坡》，他唱的王宝钏："我与爹爹三击掌，饿死寒窑也不进相府的门……"他唱到动情处，有点儿呆傻，已不是自己，成了王宝钏。床头的蜡烛倒下来，把被子烧着了，把身子烧出了一串疱才醒过来，伤愈后留下许多疤。小刘从此就不叫小刘了，背上了诨名：老蜡。

老蜡老婆走得早，拉扯着一个女儿过日子，如今女从父业，北京读国戏班。老蜡一个人在家过日子，更寂寞了，不光夜夜唱《武家坡》，也唱《苏三起解》《失》《空》《斩》。老蜡六月里急着来找我，是让给找一个老伴。

这无疑又是一个硬活儿，既然干了媒婆，既然人家信任，再硬的活儿也得接。一般来说，半路婚姻更艰难，难就难在双方有儿女父母，扯不清，理还乱。

我想到了一个人，镇上开饭店的娟子。她是哪里人，不知道，只知道她单身。那次在她店里吃羊肉粉，有人说要给她找个人家，她笑嘻嘻地没有推辞。她大概五十岁，人干净利练，比老蜡小七八岁。食客们"娟子娟子"地叫，她笑眯眯地答应，脾气好得没法说，也看得出，年轻时该是个美人。

我把情况告诉了老蜡，他连连说："中，中，中。"

过程就不讲了，讲起来能讲三天三夜，总之一句话，婚姻事，没有一件轻易的。这里说说结果，结果是：成了！

老蜡给我拿了一千元辛苦费，我收了五百，按惯例，我该全收，但我没法全收，因为还有任务没完成。我说："将来孩子的事儿别找我了。"老蜡说："不找了。"他哼着"我本是卧龙岗上散淡的人哪……"走了。他走远了，我心里说，你哭的日子还在后头呢！

这是一桩没有完成的媒事，娟子有个儿子，和人打架，打伤了人，现在外地某监狱服刑。娟子的要求是，等儿子出来了，老蜡必须给买套房子，老蜡答应了，而我，是保证人。

我私下问过老蜡："房子这事儿你能承担得起？"老蜡一笑："日子嘛，不就像戏，谁知道下一步是啥故事，情节往哪里拐？"

半路婚姻，充满了累赘与变数，往哪里变，需要运气。

四

五峰山是银河村最著名的山，外地人不知道银河村，但都知道五峰山。它硬生生地戳在天底下，那终年不息的一阵一阵松涛声能传出十里。早些年山上有座庙，香火旺盛，因为没有公路，山太高，十几年没人上山进香火了，现在，那庙殿塌得只剩下四堵墙。

华子家就住在五峰山对面的坡上，坡上有五户人家，三户搬走了。他们搬到了咸阳，前些年回来过，有几年没回来过了，房子塌了，没啥牵挂了。村里人都说，华子前世修了福，媳妇娶得那么顺当，那么便宜。

十月十七，华子和媳妇的婚礼如期举办，我作为媒人，坐了上席，那一顿酒，直喝到天昏地暗。记忆里，十年没有醉过酒了。华子俩人是自由恋爱，他俩是高中同学，但婚姻这事儿讲个三媒六证，我就做了便宜媒人。几十年，我没做过便宜媒人，这是唯一一个。

乐队请的是邻县著名的十人乐队，《迎宾曲》《百鸟朝凤》《抬花轿》，从头吹到尾。

公路只通到山脚下，从公路到华子山坡上的家有两公里，除了陡坡就是石阶，身强力壮的小伙子背一袋米从下面走上来，要出三身汗。媳妇没有让华子背，她提着婚礼裙，一步一步往上走。媳妇是城里人，没有走过这么远的山路。看得出来，姑娘下了很大的决心。这样下大决心嫁给一个山里青年的女孩子很少见到了。

那天，我想起了另一对年轻人，那是三十年前的事了。

银河村有过一个小企业——木耳菌种厂。银河村两面的山上别的没有，有的是橡子树，橡子树是生长木耳的好材料。在此之前，没有人工种植木耳技术，人们把树砍倒，让它们在山上自生自长，产量很低。那时候，下过一场雨，大家都上山摘木耳，新鲜的木耳很好吃，我们带一小包盐，撒在耳子上，摘完了，也吃饱了。菌种厂有好些女工，也有男工，大部分来自城里，当地的也有。他们都是年轻人。

郑国是银河村当地人，高中毕业生，霞是县城人，他们认识了，相爱了。那年10月，厂长主持，为两个年轻人举行了盛大的婚礼，村主任老张做了一坛苞谷烧，大家喝了个底朝天。

第二年春天，霞怀孕了，那时候到了春天，家家都没了吃的。那天郑国上山给霞挖苕。那东西又好吃又补人，只是到了春天，藤已经干枯，很难找到。郑国翻了一座山又一座山，在崖边终于找到了一片。结果你可能也猜到了，郑国摔下了山崖，断了一条腿。

因为失血太多，因为寻找到郑国耽误的时间太久，那断了的腿再也没接上，锯掉了。那条腿的伤再也没有愈合，发展成了骨髓炎。到了2000年，郑国走了。

郑国和霞，一辈子没有过过一天好日子。也有人说，他们过了一辈子好日子。

那晚上，我一个人走在回家的路上，远处的山黑乎乎的，山头在天地相接的地方显出分明，银河在山根流淌、拐弯。走了一阵，天渐渐有了月亮，远远近近明亮起来。我停下来，对着月亮深深躬了一躬。

我想让月亮保佑天下有情人都成眷属，也保佑他们平安、长久，像沿河的芦花，年年白到天边。

洞穴三十年

一

　　吉普车开到赵中国家低矮破败的木屋前，已是早上八点半。这位近几年声名远播的"洞痴"，有着让人绝望的清瘦和耳疾。无论如何也无法让人将他与险象环生的洞穴世界联系到一起。

　　贵州省绥阳县双河村大湾组是个小得在任何一张地图上都可以忽略不计的村庄，如今只剩下十几户人家，七零八落地散布在大山的皱褶里。赵中国就出生并生活在这里。六十一年的人生，像一株狗尾巴草，青黄荣枯，从未离开过这片土地。

　　2018年5月7日，作为向导，我跟随美国最大的有线电视新闻网CNN拍摄团队前往赵中国家拍摄他的专题片。从双河谷风景区至他所在的村子，不到二十里路程，四驱的吉普车爬行了足足一个小时。这片大娄山北延最后的余脉，据说海拔高度是一千四百米，这也是绥阳县境第二高地。新铺的水泥路回肠九曲，多处转弯的地方需要来回打几把方向盘才可以转过。

狭窄倾斜的山坡地里土豆正开着白色的花，玉米苗方才盈寸，由于缺雨有些蔫蔫不良。远山苍茫，白雾深处有点点如幻的人烟。繁华之外的地方，总是山川风景如画，没有多少人懂得，这画的底色是苦涩的，甚至是残酷的。

村子鸡飞狗叫，牛群正在上山，大多数人才刚刚起床。贵州黔北五百年里，少战火，也少天灾人患，人无离乱之苦，也就少了竞争与忧患。但这个看似不知有汉的小村庄，也已经很少看得见年轻人的身影了，柴房里的摩托车正锈迹斑驳，遮盖在上面的彩条布被风吹落，油表指针停在零的刻度。牛圈连着居室，这是这里所有人家的建筑格局。两三头精瘦的黄牛，是每家最大的家当。

一生未娶的赵中国没有自己的房子，他现在居住的是他大哥家的一间闲屋，大哥的两个女儿嫁到了山下，屋子正好空置出来。赵中国的大哥说，差不多每天都有人来采访，弟弟都忙不过来了。那口气，含着怨气也含着不屑。

黔北空气潮湿，史书里，一直称为瘴气之地，这也是这里盛产辣椒和白酒的原因。屋子实在太小，拍摄活动完全要在室外展开。屋内霉味浓烈，有些漆黑。一张当门的单人床占去了三分之一空间，地上堆着各个时期的杂志报纸，外文书刊部分是这些年来自世界各国的洞穴科考家们带来的世界洞穴资料。

我翻了翻，《人民日报》有1985年的版本。岁月如烟，世事易改，那些风云以文字的形式定格在了纸张上，它们穿过风雨，让一位后来者看见。

二

1986 年，赵中国的人生发生了一个转向，由日出而作日落而息的家常生活转向了对地下洞穴世界的探问寻觅。契机是这一年的一个机会他参观了重庆的渣滓洞。作为臭名昭著的监狱，渣滓洞成为人们一探历史风云究竟的地方，每天人山人海。

赵中国发现，渣滓洞无论是规模还是地质的丰富性，比于自己家门口的双河洞都不能同日而语。那时候，双河洞尚藏于深山，几无人知。

他觉得，家门口自己从小钻过的那些千奇百怪的洞穴，哪怕是能向人们展示出百分之一，也足够让世界震惊了。他很为家门口的洞穴鸣不平。

契机之二是，这一年赵中国被从乡办学校民办地理教师的位置上拿了下来。这位 20 世纪 70 年代高中毕业，有着山西函授大学地理专业文凭的年轻人，从此失业了。

绥阳县温泉镇双河村正好处在地球北纬 30 度线上，在这个纬度线上，有数不尽的地质奇迹和地理物候的未解之谜。双河谷这片典型的喀斯特地理世界，无论是碳酸盐岩的纵度和横度，都具备了产生巨大地下洞穴空间的条件。从双河谷到达大湾村的路旁、山体间，我看见多处地方冉冉升腾着白气，那里，连通着遥不可知的地下世界。

赵中国探测的第一个洞穴叫什么，具体地点在哪里，他已经完全记不清楚了。他至今不忘的是1988年秋天的一幕。那是个阴雨天，大山映掩，加上云雾萦绕，能见度十分有限。虽然他没有受过专业的洞穴探测训练，多年的摸索加上大山里从小生活的体格和经验，可谓得心应手处险有方了。山皇洞所处地海拔很高，几乎是一处无人涉足的地方。赵中国打着四节电池的长筒手电，那时候似乎还没有蓄电的电灯。他一步步往洞穴深处摸索。

洞口上方垂下的水帘把洞口与外界隔开，使洞穴成为一处绝境。赵中国喜欢这样的绝境，它对他充溢着召唤的力量。对那些浅短方便的洞穴他已少有兴致了。

洞穴是一个自成体系完全独立的世界，它是大自然的另一页绝笔书写。而对于有些人，它们是另类的繁华。比如徐霞客，比如郦道元们。赵中国蹚过了多道暗河，翻过了多处断壁，他发现，自己并不是第一个进入山皇洞的人，在好几个地方，他发现了依然完好的硝池，祖先们在这里早已开始了熬硝活动。

石笋、鹅管，被烟火熏得乌黑脏污。他有些心疼。洞穴的形成，大多是长期的地下河冲刷和岩石垮塌所致，而石笋、鹅管的形成甚至需要亿年的时间。

赵中国发现，由于长久流水的作用，有些岩壁细腻如同人的皮肤，因石质变化而色彩斑斓。宽处若厅堂，窄处仅容身。他在通过一处斜坡时，斜坡陡峭又湿滑。突然，脚下一滑，连人带手电重重地摔下了洞汉。手电不知落在了哪里，它的亮光消失了。

不知用了多长时间，也许是一天，也许是两天，赵中国觉得自己再不可能活着出去了，最后，他还是终于摸到了洞口。洞口上的水帘垂挂下来，在阳光里，像一串串银珠，白得耀眼。

这一次，赵中国失掉了两根手指，眼眶受伤视力久久难以恢复。他在家里整整躺了一个月。

三

1990 年 3 月，南国的春天来得格外早。北国正是荒烟蔓草，山瘦水冷，而双河谷早已桃花遍开，红肥绿瘦了。

双河谷来了一大批客人，他们乘着拖拉机、三轮车而来。那时候还没有温双公路，只有一条勉强可通农用车的泥土村道。这群人来自遥远的异国——法日联合洞穴科考队。春色毕竟关不住，双河洞的声名已经墙外香了。

赵中国做了科考团队的向导。这是他第一次做洞穴科考活动的向导，此后以至今天，他和他的手绘洞穴分布结构图再未消歇。在双河洞前后十九次中外联合科考活动中，每次都留下过他的身影。

日本队里有两位姑娘，其中一位叫佳纯。

专家团队的专业设备让赵中国惊奇不已，比于自己寒碜的麻绳、手电、黄胶鞋，真可谓天壤之别呀！这些队员全副武装，英武又神气。

佳纯是位细心善良的姑娘，她才二十岁，有一双黑色的眼睛，柔和的皮肤，小巧玲珑——她是日本人。专家团队员们叽里呱啦的外语赵中国一句也听不懂，好在有佳纯做翻译。她是整个外国队员里唯一懂中文的人。

双河谷沟大山险，洞林丛生，像一个巨大的谜团。这群人信心满满又无从下手。赵中国的双脚和手绘地图，为他们打开了地下大门。他的手绘图卷中的一张，后来被法国洞穴探险家协会永久收藏。法国洞穴协会会长让·波塔西说，这是世界洞穴发现资料史上最珍贵的瑰宝。

这一次的探测，专家们把工作重点放在了石膏洞。这是一个巨大复杂的洞穴，盛产石膏和硝。经过村里人祖祖辈辈的开采，洞穴生态已千疮百孔。

作为唯一的当地向导，赵中国每天的任务可谓巨大。那一年，他三十三岁，周身充满了活力。专业团队的专业方式和敬业精神，彻底打碎了他对洞穴探测的蒙昧认识。对于他们来说，洞穴仿佛就是生命的一部分，这是一种向着生命深处的追问。如果说此前的赵中国对于洞穴的探测还只是探奇、发现的兴奋，此后，则增添了对地质世界和探索事业的无限敬畏。

他特别愿意和佳纯分在一个组，每次，都抢着替她背设备。佳纯与她的压缩饼干一样，美好又甘甜。晚上回来，佳纯总会为他打来一盆洗脚水。水的温度冷热恰到好处，水温如同她的细腻。

这次探测科考把双河洞长度推进到了十八公里，团队们做了大量的图绘和数据。走的时候，佳纯把自己的设备送给了赵中国，留下了联系方式。鼓励他继续把双河洞系探索下去，当再见面时，希望看到洞穴更多的发现。他含泪把佳纯送到了绥阳客车站。

两年后，赵中国得到消息，佳纯死于一场车祸，那是一个冬天，北海道的雪厚重而美丽。赵中国一生未娶，他的一位邻居说，这有佳纯的原因在里面。赵中国由此把半生更加笃定地交给了洞穴世界，是为了给佳纯一个交代。这些都是他一个人的秘密，秘密只有他自己知道。

四

金钟山是大娄山一条重要支脉。金钟寺据说建于北魏，同有关金钟山的无数离奇传说一样，这大概也是传说之一。金钟山的北面是正安县，盛产高山白茶。如今，品质上好的白茶卖到了每斤四千元。

赵中国告诉我，双河洞系的大部分洞口都分布在金钟山上，到目前为止，他已发现了两百多个洞口，因为交通、地质、海拔条件因素的限制，都没有获得勘测。他唯一能做的，就是把它们标示在地图上，供后来人探索开发。

他私下里给我讲过一个故事。

有一回，他一个人去找洞。此前听一位放牛的老头说，有一个洞，谁也不知道深浅，谁也不敢进去。放牛人说的洞口就在金钟山半腰，其实距赵中国家并不算太远。具体地说，大湾村也在金钟山的半腰，差不多同一海拔高度。

在靠近洞口时，赵中国发现了一条蛇。那是一条从未见过的大蛇。这个洞是属于它的。

大山里朝夕暮露，一年四季，差不多有三个季节有蛇出没。在几十年的山里生活中，赵中国不知见过多少蛇了。他早已见惯不怪。但这一次，他被镇住了。赵中国比画着说，足有两米长、大碗粗。这是一条蟒蛇，身上的鳞片闪着金光。赵中国说，它好像刚刚睡了一觉，刚刚醒来，精神很足，看人的眼光异常有神。赵中国进也不是，退也不是。他手里有一把砍柴的砍刀，非常锋利，拳头粗的树条只需挥一下就能砍断。赵中国并不想伤害它，他知道蛇并不轻易伤人。

最后，还是赵中国退却了。

他想起了常常在洞内发现的兽骨。

在赵中国小屋的门廊下，我俩一边吃着泡面，一边听着他讲自己的人蛇遭遇。他悄悄对我说，可不要对外人讲，人知道了，谁还会敢对洞感兴趣？

摄制组留下的康师傅桶面，赵中国吃得满头大汗，十分有味。汗珠从稀疏的头皮上滚落下来，滴在方便面桶里。我问，你怎么总是一个人探洞，有没有想招个帮手？他说想是想过，需要有人帮我整理资料，可我没钱，没人跟我干。过来收拾桌子的小弟没好气地说，自己饭都吃不上，还想招徒弟，除非这个人也疯了。幸好声低，赵中国没有听见。

那一天走出很远了，赵中国的弟弟又赶上我。他五十岁多点，满脸不相称的沧桑。他一个人住在老屋，老婆孩子住在县城的新买的房子里。他求我说，你能不能想办法帮下我哥哥，让人帮助下他。过几年我们都进城了，他将来老了怎么得了呀？我问，他怎么不自己去找有关部门反映呢？弟弟更生气：他只认得洞，也只有洞认识他。

小路旁的山竹遮天蔽日。一条通往金钟山的简易公路正往山上修建。听赵中国说过，竹林里有一种菌，叫竹荪，每年他都会去拣拾，补贴生活用度。

下山的摩托车一蹦三跳，骑车的人，仿佛焊在车座上一样。他们去山外采购柴米油盐，也采购关于山外世界的消息。

五

赵中国的大哥说，弟弟已有二十年没有种过地了，他的几分土地早已被荒草掩埋。虽然同院而居，他的生活我们也不很清楚。如果早晨起来发现锁了门，就是他出门了，去哪里了，谁也不知道。也许是去了山里，也许是去了县里图书馆。馆里，有他想找的东西。他一个人独来独往，就是我们亲兄弟，也很少说话。

在赵中国屋里的一口木箱里，我见到了他手写的一份材料，计有二十页之多。标题是：申报。内容是关于双河洞系统三十年勘测数据心得。其中一节讲的是双河谷的历史典故:"1368年,朱元璋打败元水军,过金钟山时,将大小山头都着上绿装。"作为申报材料,显然极不规范,但也显然并非他的杜撰。

在一张手绘地图上,我读到了以下一段文字:"同志们,我赵中国绘的这图纸,虽然不好,各样都是千真万确。这双河洞旅游区之内的山水洞林庙古树,特级树种,特级动物,所有的专家都不知道。这双河洞,真是天生的双河洞,还有二百多个洞口被我发现,十分可惜……这些洞我提前申报了两年,1988年省科学院才来了几个专家。"赵中国的弟弟说,三哥多次去县里、省里,也不知道他干什么。

在他的桌子上,有一个小小的收音机,漆彩驳落。赵中国耳聋,邻居说,他每晚都听到很晚,声音很大,害得人无法入睡。

大湾村几乎没有网络信号,几年前国外探洞的朋友送给他一部旧手机,成了摆设。这也是他家里唯一值钱的电子产品。

赵中国三十年孤独又铿锵的地穴探索生活,已湮灭于岁月风尘。那些洞穴中的日夜,那些风雨路上的点滴,连他自己也难以记忆了,唯有三卷洞穴地质分布结构图和五本日记作为风雨不晦履迹的见证。它们细笔勾画,绵绵密密,宛若一个个深浅不一的晨昏。

在赵中国的家里,我有幸见到了这些堪称珍贵的资料。它们被一个塑料袋小心翼翼地包裹着。手绘的双河洞地质分布图共三卷,普通的加厚白纸,近两米见方。细细密密,用红、蓝圆珠笔勾绘。

图绘并不专业，缺少了坐标和比例数据。但与我们同行的一位专业人士说，他能把地下的图据如此精确地在一张平面图上标示出来，真是奇迹，要知道，他没有专业的测绘工具，这需要强大的记忆还原能力。我仔细看了图纸，笔画粗细不一，墨迹有深有浅，这显然不是一次成形的，应该是每次有了新内容再添上一笔的结果。我询问了他，果然如此。

日记共五本，皮面黄渍斑驳，非常有年代感。内容颇杂，有读书心得，有时事评论，更多的是每天的生活记录。这是一个生活在个人内心世界的人，这个世界与外部天地分道不僭又有着复杂的深深勾连。

三十年间，赵中国且行且记，这些地图和日记，既是山水地理的履历，也是一个人生命的履历，它们共同提供了一方山水与命运不息的证语。

六十一岁的赵中国耳朵几乎失聪，需要用很大的声音和手势来交流。现在，他有一份每月六十五元的老保和每月二百元的低保。这是他生活的唯一的保障。镇里为他修建的两间小屋，在几天前的一场冰雹中，瓦顶被多处击穿。他认为质量太差了，没有安全感，死活不愿搬进去。其实，他是在和干部们赌气。

赵中国的一位邻居说，他并不是一个受干部们待见的人，他似乎从来没有学会和人打交道。几年前，村里修路，其中一节路段被一棵红豆杉树拦住去路，地理条件限制，改线并不容易，村主任要把树砍掉，他硬是镇里县里市里层层告状，把村主任拉下了马，使这棵红豆杉保留了下来。

两天时间里，摄制组跟随赵中国，用镜头记录下了他这些年的部分行迹。地下河谷、石膏洞、蚂蟥洞、天凰洞……几天后，这些对于无数人来说，那梦一样遥远的秘境，将通过世界最有影响力的有线电视平台走进人们的视线里。

像往常一样，这一次，他同样没有获得任何报偿。饭桌上，一份蛋炒饭他几口就扒拉完了，我们又叫了一份给他。大雨中，一辆吉普车把他从山下送回了家。这是他得到的唯一一次最高规格的待遇。

填埋垃圾的人

一

周大勇是一位孝子。

他每天早晨七点从家出发，晚上七点回来。早些年，骑一辆黑色自行车，现在是一辆红色摩托车。十五年间，共骑坏了三辆永久牌大货架二八自行车。现在骑的两轮"钱江125"虽然还有力气，但发动机已经很差了，每天出门都要发动好一阵子，轮胎换过了三副，里程表已经坏死，谁也弄不清它到底跑多少公里了。

周大勇的母亲王来花有抑郁症。这个病说它是病也行，说它不是病也行，没有人说得清根源，大小医院也弄不明白该怎么治疗，只有周大勇知道它的可怕。他亲眼看到过病发作起来时，母亲把头往墙上撞，撞到头破血流也不停，她拼命地拽自己的头发，揪下来一绺一绺的，就像那不是自己的头发一样。揪下来的头发黑白相杂，铺了一地，周大勇好几天都不敢打扫。

周大勇是有改行机会的。他是县重点高中毕业生，在小县城，十五年前那阵子高中毕业生还不多，他那一届只有七个人考上大学，最好的是师范专科，直到现在他依然是单位不多的笔杆子。

垃圾填埋场虽然是个不起眼的小单位，但好歹算是国有企业，上行下达都要有正式行文，打个报告，发个通知，写个会议记录，领导就让他放下手头的铁耙子来起草。因为报告写得过硬，有很多单位就找他来写东西，年终报告、领导讲话稿、工作简报什么的。后来县志办看上了，死活要他去，调文都有了，他还是没有去成，就因为母亲这个病，就因为单位离家近，来回都方便。

好在，周大勇前年转为了正式工，多年媳妇终于熬成了婆。填埋场现在共有三十人，正式工不到一半，一线的，只有两人是正式工，他是其中的一个。工资比临时工高出一半还多点儿，三千一百元，加上各种小福利，一年有近四万元的收入。主要的，将来老了，有退休金。按已经退休的同事领到的退休金估算，将来也有三千元。有这笔钱，将来和母亲养老，吃饭穿衣都有了保障。这也是这辈子最大的指望了，虽然退休还是遥遥无期的事。

周大勇的单位叫 M 县宏远垃圾填埋场，是全县最大的填埋场，也是唯一的无害化处理填埋场。虽然近几年各乡镇也建

起了场子，但没几个真正投入运营，大部分垃圾还是运送到了
这儿，周大勇和同事们的工作量一下子就扩大了一倍。特别是
近些年的建筑垃圾，那真叫个源源不断。

有一回同学们见面，在招商局工作的同学说起自己的工作，
说简直就是站街客，没有拿得出手的资源和青春，没有人理。
末了，又调侃他：大勇，你们单位是全县最牛的企业，宏远，
宏远，前途无量啊！周大勇哭笑不得，心里说：还不都是你们
招的垃圾商带来的。

二

进场那年，周大勇二十一岁。那时候的高中生不像现在
十七八岁就毕业了，那会儿教育资源差，学生上学晚，也没几
个没留过级的，待读到高中毕业，男生们都长出了一嘴小胡子。
2004 年，社会上各种创业机会还很多，摆个摊，开个小饭店，
干个什么都能挣钱，不像现在，行行业业都挤得满满的，竞争
残酷。

周大勇和同学练了一年摊，卖伟志西装，那时候时兴穿西
装，伟志的牌子不错，质量过硬，好像是陕西唯一的西装大品
牌，一年下来，挣了九万。同学是出资人，周大勇只是个店员，
年底，同学给了他五千元，嘴上虽然没说辞退，一眼一瞅都有
辞退的意思。街上没事可干的漂亮姑娘一抓一大把，哪一个都
比男店员有优势。

周大勇的父亲那阵子还在，从村主任位置退下来了，虽然病得歪歪扭扭，但还是有点儿人际关系，就托人让周大勇进了县企业。那时候，县里有两家企业，另一个是葡萄酒厂，周大勇可以任选一家。他盘算了一天，选择了垃圾填埋场。酒可以不喝，垃圾不能不处理。事实证明周大勇的眼光是对的，如今葡萄酒厂被更有优势的同类们挤压得了无生路。

周大勇进场的时间填埋场才试营业一年，此前的填埋场在官道沟，一条大沟填得满满当当的，上面覆了土，栽了树，猛一看，根本看不出是填埋场，若仔细看，树们都是病恹恹的，这是地下垃圾发酵产热造成的。下一场雨，一股说不出的气味冒出来，长出的草，牛羊们都不愿啃。那时候，技术与资金都有限。

进场第一天，周大勇就被那巨大的场面镇住了：它长有三百米，宽有百十米，至于深度，站在坝头上，下面干活的人，矮了一半。铲车、挖掘机、工程车，都是那个时候很难见到的大型设备。按规划设计，全县的垃圾在这里够填三十年。

周大勇看过资料，县城日产垃圾二十吨。就是说，自己差不多可以在这儿干到退休。一车倒下去，像一阵毛毛雨。至于乡下，那时还没有乡村垃圾的概念。

周大勇自然是一线工，就是拿一个铁耙子天天把那些边边角角的垃圾归拢到一块儿，方便洒消毒药水和埋压。这个活儿，没什么技术含量，也不用考试，是个人都能干。但这些年，竞争还挺激烈的，很多陪读的家长不愿坐吃山空，找门子、拉关系，要分一勺羹。周大勇一直也想坐办公室，看到这情景，知道有一份一线工也算不易了，慢慢来吧。

他至今记得上第一班的情景。那是六月中旬，天热得比哪一年都猛烈，丹江在远处无声地流着。收割尽的金黄麦茬被勃然而起的玉米掩盖，玉米林把小城包围了一半，一直延伸到填埋场的对面。那真是个庄禾如海的季节。

县城还没有垃圾压缩设备，运过来的垃圾都是松散的，也没有大吨位运输车，一车三吨两吨，从高处倾倒下来，纸张、塑料袋、卫生巾，在巨大的落差中借助风力，飞得漫野无涯，久久不肯落下来。粪便味、剩饭味、沤烂的菜叶味，铺天盖地。苍蝇雨星一样纷飞。

没有遮阳帽，也没有口罩，周大勇与另外两个伙计在垃圾中间穿梭、奔追，奋力把它们归拢。铲车吼叫着，铲起一铲又一铲细土，把它们埋压……

对于填埋工来说，时间并不如行云流水，它们大部分是停止的。疯长的，只有下巴上的胡楂。

三

2012年，M县垃圾填埋场新增了五台设备：30型铲车一台、中型挖掘机一台和三台中型运输车。这也是不得已之举，这时候，县城每天的垃圾量达到了五十吨。直观的感受是，一天下来，场子不是薄薄一层，已经是厚达盈尺了，铺展开的长、宽更非昔日可比。以这样的速度计算，要不了十年，填埋场就要爆满。

好在，小县城没有工厂，没有化工企业，垃圾相对单纯。周大勇经常读到内部资料，哪里填埋工中毒了，哪里空气和水源被严重污染了。新型垃圾的不断增量、成分的不断复杂化，也对填埋这个行业提出了巨大考验。

这时候，县城增设了三个垃圾压缩处理站，大量的生活垃圾经过压缩处理，待到填埋场，处理起来就容易得多。因为填埋场工作强度小了，工序也少了，自然有一些人被调配到了压缩站。周大勇留在了场里，搭档小黄就被分到了城西的垃圾压缩站。

小黄其实也四十岁出头了，小，指的是个头，从小不长个儿，被人"小黄小黄"地叫，该叫"老黄"年纪了，还是被叫"小黄"。

小黄的儿子在县城中学读高三，他们老家在乡下北山，就是县城北面的大山里。那地方没土地，山上也不怎么长树，穷。穷得没有办法，小黄就到河里筛沙子卖。

乡下交通不便，也没有多少人盖楼，沙子卖不上价，小黄就买了辆二手的三轮车，往县城里拉。这些年县城也没啥产业，就是盖楼的多。盖楼利润大，没啥技术含量，只要能弄到地皮，傻子也能挣到钱。

小黄也开了十几年的车了，早些年，在矿山上开三轮，一趟趟地把石头从洞里拉出来，倒在渣坡上。矿洞低矮，又窄，光线几乎没有，几年开下来，练就了一身好本事，但他一直没有驾照，因为矿山不属于公路，没人管。待矿山不行了，要在公路上开车，却怎么也考不过，那一道道题背得头昏，科目三考了三年也没考过。

因为没有驾照，只好夜里跑。从北山到县城一百多里，一晚上跑两趟。第一趟天擦黑出发，第二趟回到家，天刚蒙蒙亮。

儿子读初三那年，小黄到底还是出事儿了。这天夜里，小黄跑第二趟，沙子装得特别多，车一路累得冒大黑烟儿。卖沙子的人多，建筑老板就硬气，谁的量大就要谁的。沙子论车付钱，开始一车拉一吨五，拉着拉着拉到了两吨，眼下，老板们两吨也嫌少了。

那个晚上特别黑，天上无星，也无月，这样的夜晚并不多见，可能是要下雨了，也可能是云层太厚，总之，伸手不见五指。小黄的三轮车是有大灯的，还特别亮，但第一趟回到家，灯死活就不亮了，小黄检查了所有线路也找不到原因。四月天，夜短，不敢耽搁了，小黄找了个头灯，套在头上。

灯带很短，勒得头生疼。猿岭是北山到县城必经的路，据说是 M 县最高的岭，海拔一千五百米还是多少。到了冬天，落了雪，整冬不化，远远地看着，像一只白馒头。路陡，弯道特别多，但时间不允许他太消停。

在一条弯道上，小黄的车撞上了一个瞎了大灯的摩托车。

事后小黄才弄清楚，那人是县城里的人，天麻贩子。那时候，北山的天麻特别多，天麻是名贵药材，一直不缺市场，到处是天麻商贩。凡事有了利，必有人争，税务、工商到处设卡收费，商贩们为躲避，就选择了晚上出动。

那个人断了一条腿和两根肋骨。小黄一下子拿出了十万，家里没有钱，向亲戚朋友借了个遍，最后把三轮车卖了才凑齐了数。从那时到儿子高三，小黄家的日子再也没有抬起头。

小黄是临时工，工资只有一千五百元，没有五险一金，也没有休息天。前几年还想着跳槽，近几年压根儿断了这个想头：老了，折腾不起了，儿子每天要花钱，容不得半点儿三心二意。

小黄是上料工，开叉车，也算技尽其用。上料工有一个优势，就是所有的物料首先从自己眼前过，虽然它们在垃圾箱中已经经过了拾荒人的千挑万选，还是有一些有用的东西遗落下来，比如旧衣服、纸壳子，甚至旧电器。

有一回，在物料中有一个包，小黄赶紧停下机器，打开来，是一台笔记本电脑，下班后，小黄送到了电脑维修点，经过一番修理，儿子用起来还挺顺手。这样，小黄把那些旧废物品再挑选，也收入了不少钱，每天的油盐酱醋够了。听人说过，拾荒者曾拾到过一包首饰或一包钱，但小黄从未发现过。小城经济还是不富裕，没有人那样大手大脚地马虎吧。

他知道有很多人想进来，但也知道自己技术还是顶呱呱的。他有个愿望，就是一直能干到六十岁，干到五十多也行，那时儿子也大学毕业了，工作了，将来到了那边，也好给孩子妈有个交代。

孩子妈走那年，小黄二十五岁。日月如梭，一晃，十八年了。

四

10月的早晨天气已经特别冷了，虽然季节离入冬还有些时日，裸露在外面的水龙头都冻住了。张科子提来了一暖瓶开水，从水龙头上细细长长浇下来，一壶水浇出了一大半，水龙头才有了反应，开始滴滴答答地流出水来。

张科子接了一桶水，开始洗脸刷牙刮胡子，这是他每天早晨必修的课程。他是运输司机，一车一车的垃圾是臭的，见者避之唯恐不及，这是没有办法的事情，但张科子要活出个人样来。这人样，就是从自己的形象做起，他要干干净净的，与垃圾们区分开来。

张科子的爱人在省城打工，好几年了，到底是什么工作，他也不知道，反正一年半载不回来一回，回来时，总是浓妆艳抹的。

与周大勇不同，与小黄也不同，张科子是合同工，工资比周大勇低，比小黄高，有各种保险，与两人更不同的是，他一周有两天假。在进场之前，他在部队服役，也是开汽车，从格尔木往拉萨运输物资。他在部队一干就是十五年。

张科子也忘了从什么时候起，爱人娟子回家越来越少了，起先，人不回来，就互相打电话，后来电话也少了，打了，也没话说。

张科子往衬衣上喷了一道香水，今天，他要去看娟子。

但他并不知道娟子的工作地点，只约略地知道在省城的丈八沟一带。那是有一次电话里，公交车报站名报出来的，张科子听到了，记住了那个站名。他猜想，娟子一定住在那地方附近，因为那是一个很早的早晨，应该是第一趟车，坐第一趟车的人，还能住到线路之外吗？

他把车子用水冲洗了一遍，然后，细细打理驾驶室。那几乎是他这些年的半个家。有时候不想回租住房了，他就睡在驾驶室里。他把每个物件整理得井井有条，特别是把那个不倒翁戏剧花旦的摆件擦了又擦。在他眼里，那就是娟子。

全城垃圾处理站共有五台车，但并没有固定分工，哪里需要哪里去。经过压缩处理后的垃圾包是往日一车散垃圾的五倍重量。张科子每天要出五六趟车。他很喜欢这份工作，比起青藏路，这份工作要轻松多了，也安全多了。

他知道，虽然自己不在编制内，但只要没特殊原因，场里不会让自己被动下岗。每天车进城出城，跟观光似的，他几乎熟悉县城的每一条街巷、每一处建筑。这些年，这座城市宏观的、细微的变化都刻在他的眼睛里。他幻想着将来有一天有钱了，一定要在最繁华的地段买一处大房子，作为永久的家。娟子好几年前就要在县城买房子，就是钱不够。

火车。省城到了。

地铁。丈八沟到了。

张科子想给娟子打个电话，告诉她，自己看她来了。他在公交牌下徘徊了整整一天，也没有打。他突然有些怯，怯什么，似乎又不清楚。

第二天，又游荡了一天，他相信，娟子一定会从这儿坐车或路过，即使自己没有发现娟子，娟子说不定会看见自己的。

然而，最终娟子并没有路过和上车。

张科子回去了。他还想再等一天，但只有两天假。

第三天晚上，终于接到了电话，是娟子的号码，但不是娟子的声音。对方告诉他，娟子出事儿了。她从八楼坠落下去了。

三天后，张科子见到了娟子，是在殡仪馆里。他终于知道了，这些年，娟子一直在做那个工作。她的银行卡里，有六位数的存款。

这些钱，正好够在县城买一套房子。

张科子还住在租住房里，又搬了两次家，但他却始终不想买房子了。

有时候开着车，眼前会突然出现一幕画面：一条绢绸从高高的天空落下来，它落得十分缓慢，飘起来，荡下去，变化出万千形态。一阵子是白的，一阵子又变成乌黑的颜色。那是一个人。

断链的种菇户

　　香菇是名贵的食材，市场一直稳定不衰。村里，种植香菇少说也有二十年历史了，前些年因为技术限制，产量一直不高，近些年技术与市场双加力，一下子火起来了。有一家，种了三棚，一下子卖了八万元，瞬间成了村里的首富。

　　老林是村里香菇种植大户。二十年前，同龄一代人还没有上矿山打工时，他就开始种，二十年后，许多人从矿山退下来，改行了，生老病亡，他还在种。他有两个女儿正上大学，大女儿在北京读研究生，每年花费四五万。一条鞭子追着跑，他不想种都不行。

　　香菇种植技术大家已悉数掌握，如同种菜一样娴熟，但一部分主要原材料当地并不生产，麦麸、白糖、石膏粉、各类消毒品，要到外面购买。

　　这些材料来自许多省份，少一样都无法生产。往年都是种植户们统一购买，从山东，从河南，有专门大车送到村头，各家各取所需。但今年，这些材料是没法运进来了。

年前，老林申请了林业用材指标，伐了树，粉了末，一下子投进去了三万多。他有一个计划，再狠狠拼三年，女儿们工作了，就歇下来。他算了一笔账，每年种三棚，按眼下的菇价，孩子们花完，还能余三五万，自己养老的钱也有了。

老林家里还有一千多斤小麦，这是前些年攒下的陈粮，一直没舍得吃，他计划将来老了，干不动了，还能吃三四年。现在，他打算把它粉碎了，麦麸原料至少解决了一大半，再到村里各家买一点儿，基本能解决。

实在不行，今年就减少一棚。他又给南阳的老客户打电话，问石膏粉和其余材料的情况。对方告诉他，这里靠近湖北，条条出路都卡得死死的，自己手里的几十吨货也只能看明年售不售得出了。

村里种菇用的白糖主要来自广西，老林打算给供货方打电话，想想还是算了，几千里远，就是对方有货，也是远水解不了近渴。

老林家有三个菇棚，骨架、棚膜、人工，当时投进去了七八万元。骨架结实，能用四五年不坏，棚膜风吹日晒的，两年一换，换一茬膜要花一两万。种菇这么些年，要说没挣钱，没人信，要说挣钱，实在也没落下多少，都让各种材料占掉了。

一茬膜两万元，摊到两年损耗里，一年万把元，就是说，今年断了链，没有一分钱收入，还要搭进去一年棚膜的损失。

膜一旦蒙上棚，是扒不下来的。老林一想到这儿，心里就是一团火燎。

这天早上，天阴着，昨天落了一层毛毛雪，在地上存住了，有一片，没一片，像一地杂毛。风把菇棚揭开了一角，一夜冷风，菇冻死了不少。去年做了两万袋，长得不错。被菇抽空的料棒弯曲着。它们到清明后就淘汰了。到那时，新的菇棒进来，棚一年四季不闲着。

老林摘了两竹笼湿菇，有四五十斤，十斤湿，两斤干，这些菇能干十来斤，值几百元。他把菇放进土炕子。炕子里昨天放进去的菇已经半干了，白花花的。采摘，烘干，一气呵成。菇的颜色好看极了，一股浓郁的香气弥漫着。这是真正的冬菇，菇中的上品，价钱也最好。

往年这个时候，湖北的、河南的，大大小小的商贩开着车，家家户户蹿，一斤二斤都收走了，菇没干，就在炕子边等着。今年自春节至今，没有一个商贩上门。菇价是涨是跌，只有天知道。

这几天，家家都有几袋香菇存着，碰在一块，话题没两样，就是卖菇的事儿。附近几十里没有冷库，没条件冷藏的香菇到了夏天，会变质，变了质，品相难看，就不值钱了。有一年，菇价不好，大家就屯着，到了秋天，打开包，一股霉味，那一季的菇，等于白种了。

正月装袋接种，二月养菌，如果晚了，气温上来，杂菌就特别多，大大影响成活率，一万袋，能成七八千，这是大家多少年下来摸索的经验。到正月二十五，材料依旧没有买到，今年的菇，是彻底歇菜了。

种植户们，有好几位联系到了活路，有的准备下广东，有的计划去西安。老林有个表弟在新疆包活儿干建筑，专门给高楼刷墙漆，腰上拴一根绳，像蜘蛛侠一样。老林找了表弟三次，希望也能加入。表弟很犹豫，这是玩命的活儿，要技术，更要年轻。虽说表哥身体不错，毕竟不再当年。

老林今年五十三了。

老伴走的那年，他四十一。

关山难越上班路

刘奔在铁路上已经工作五个年头了。

腊月十七，公司放假，从青岛一站就坐回了老家县城。那阵子，回乡过年的人群高峰还没到来，公路也不紧张，从县城松松垮垮地坐上回村的中巴，可谓朝发夕至。刘奔大学的专业是铁路土建工程，做这份对口的工作，每年总是能早早地放假，因为通常情况，天寒地冻的北方，也没多少工程干了。

铁路内部有规定，职工是无须购票的，凭一张工作证就可以畅通无阻。五年时间里，刘奔无论是出行还是回家，都顺风顺水。正月初五，接到组里通知，新项目的尾巴工程上面催得急，要尽快交付，立即回公司上班。这时候，各地才开始封路封村，万事开头猛，各地执行得格外严格。

刘奔在网络上看到各地纷纷打出标新立异的横幅口号，挖断路的，锁铁链的，横刀立马的，什么都有，感觉情况是真的严重了。这阵出门，不说别人怕，自己也怕。

村子到县城隔着三个镇和数不过来的村，刘奔挨个给沿途熟人打电话，计下来共有十二个卡点。大家几乎众口一词：不要说是人，就是一只麻雀想飞过去都难。刘奔给公司领导回了信息：实在出不去，这样吧，上不了班，也不用发全工资，给个生活费，行吧？

初十的一大早，又接到通知：立即归队，公司给出复工证明。刘奔知道，队里确实是急了。很多工程设计数据都是刘奔做的，单位技术人员虽然不少，但各管一行。再不归队，真要影响工程进度了。

刘奔所在的村子，地处两省三县夹角，最近的县城不是本县县城，而是河南卢氏县，从村镇公路往另一头走，翻过西街岭，就是卢氏县下面的一个镇。刘奔记得，村里至县城没通班车以前，父辈们总是翻山越岭去邻省的镇上坐车外出。刘奔查了地图，原来从河南那边回山东青岛倒是更方便快捷。

上了西街岭往下看，曲折盘绕的山岭脚下，支着一顶大帐篷，两三个戴着袖箍的人在门口踱来踱去。刘奔突然想起来，疫情之始网上传得最凶的新闻就是河南决然断路，没想到这么偏僻的地方也设了岗。他让表弟掉转摩托车头，急忙往回转。一路从地上的车辙看，至少有半月没走过车了。

正月二十八，终于等到了村委会发来可以租车出行的通知，但需要层层开证明、测体温。虽然麻烦，终于可以行动了。

从网上看，江浙一带为了企业复工，包车包机抢民工，中央也开了全国企业生产布置会，显然，经济形势不能再耽搁了。刘奔在村上开了证明，测了体温，租摩托车送到镇上。昔日热闹不息的小镇竟没有一家店开着，最大的问题是没有口罩。

刘奔想起有一位中学同学在卫生院上班，找了他，找了两只旧口罩，用电吹风加了热。不管怎么，有总比没有强，将就管到单位吧。镇上到县城，平时只要三十元班车费，私家车竟要二百，二百就二百吧，非常时期非常价格。在镇防控中心测了体温，换了出行证明，终于坐上了向县城的车。

刘奔想起小时候看过的电视剧《西游记》，师徒几人西天取经，历经九九八十一难，每到一处要倒换通关文牒，眼下的情形怎么这样相似？

到县城，已经下午四点。三个人包了一辆出租车赶往西安，车费七百元。县城本来也有火车站，每天南来北往许多趟，但没有直达青岛的车次，中途要换乘，想到路途未知的变数，还是直接到西安乘车吧。

三人刚上车，都不约而同地收到了一条短信——紧急通知：经联系，自今天起，各镇办暂时不要开具去西安市通行证明，西安市禁止我市群众下高速，不论是否有证明，一律劝返，请相互告知。县防控办。

刘奔找了一家宾馆，每天八十元房费，只有暂时住下了。去街上走了走，发现没有几家饭店是开着的。街上行人寥寥，大家的口罩更是五花八门。他看见垃圾桶倒是还有人在翻找东西，没有人消费，自然垃圾也少，他们手里的装物袋半天还是空的。

　　刘奔庆幸有先见之明，从家走时，带了十张饼和两斤酱肉。心想，把它们吃完，总可以通行了吧？

无处胎检

　　小丽怀孕七个月了。小丽是五年前结婚的，结婚时已经二十五岁。在农村，二十五岁结婚还属正常，比上不足比下有余，但三十岁才怀上头胎就成了话题，沦为人们茶余饭后的说道。小丽是独生女，怀了孕，自然更是父母不敢放手的宝贝。父母比小丽更急，急的不是乡邻的说长道短，是女儿腹里孩子的风吹草动。这是全家唯一的指望。

　　小丽的丈夫小蔡是县城人，年前在西安打工，在高速路上浇铸桥墩子。单位放假时已经腊月二十九了。小蔡的父母身体也不好，父亲中风偏瘫，这种病，没个好，过一个年少一个年。母亲就让小蔡在县城过年，年后再回乡下，谁承想，武汉 23 日封城，县城到乡村没几天也跟着封路了，所有车辆停发，私家车也不能通行。

　　父母不让小丽使用手机，说手机辐射大，对胎儿不好。好在家里早先安装的座机还没有拆掉，小两口可以通过它说说话。

小蔡说，我知道有一条小路，早先去同学家走过，不行，我走小路回去，两天总能走到家。小丽说，你傻呀，村里早登记了人口，你回来也得隔离十四天。没事儿，孩子可健康了，有我呢！

上次在镇卫生院做胎检，头发已斑白的产科主任说，这孩子发育得快，个头比一般孩子大，是好事，也是坏事，最好常来检查。检勤一点儿，我们更放心些。那天一同检查的有四五个人。按政策，每个胎儿情况都有登记，医院和医生都有责任。

这天是正月初六，山上山下的雪都融化了，雪一融，山色更加苍茫。落雪不冷消雪冷，风呼呼地刮，河边的芦苇、地里的秸秆叶子、漫山的树叶搅在一起，在树顶与天空中起起落落。

小丽起床很晚，也不是贪睡，一晚上没睡好，上了几次厕所。自从肚里孩子一天天长大，夜起得越来越勤。吃了早饭，小丽感到肚子有些痛，小家伙又在肚里不安分了，先是在左边，感觉是头在撞，一会儿在右边，分明是脚在踹。小丽有些害怕，听人说过，胎儿位不正，对大人、小孩都很危险，按说上回检查位置是正的，但他既然能动，又怎能保证他不会变位？

家里没有车，只有一辆电动车，小丽很久没敢骑了。按日子算，也到再次胎检的日子了。她打了电话，父母正在山上砍树，准备栽种天麻的材料，听到电话，飞奔下山。去县城医院太远，村医没设备，也没这个能力，镇卫生院是唯一的选择了。

因为要办通行卡，给村委会打电话，接电话的人说，情况都理解，但上面没人发话，不敢放行，这样，你给卫生院打电话吧，让他们派 120 来接人，只有 120 可以通行。都几天了，还没有车进来过，也没车出去过呢。

立即又给卫生院打电话，值班的接了，转给了院长。院长说，院里的车坏了，没地方修，这样，我让产科接电话，你把情况说说，实在必要的话，在镇上找辆私家车，我们派个人随行。

放下电话，一家人面面相觑。小丽知道，像她这种要待检的情况的，一个镇有四五个人，也不知道别人是什么情况。

和产科大夫说了很久，最后的结论是：没事儿，这是正常的胎动，哪怕是胎位偏移，大不了将来生产时剖腹产。

接电话的就是那位花白头发的主任，小丽知道她从医三十年了，经验与医术都是顶尖的，但摸摸肚子，还是忧心不安。归根结底还是疫情惹的祸，如果在平时，早就进医院了。

过了一阵，主任又突然打来电话，告诉小丽：院里有个退休的大夫，就在你们村住，我给她说了，一会儿她去你家看看情况。放下电话，退休的大夫就到了，一家人才想起来，原来还沾点儿亲戚。

大夫检查了一阵说，各方面都挺好的，但胎位确实是偏了，只有医院能把它调正过来，但眼下情况，只有将来剖腹产了。

直到今天，卡点都没有撤销，小丽也没有胎检，每天胡思乱想着，在焦灼中度日。孩子正常不正常，听天意吧，但有时突然想到那切腹的一刀，就止不住地猛打一个战。

小丽脸上长了好多斑，眼角也有了鱼尾纹，而胎动也越来越频繁了。有几回，胎动了起来，疼得冒出一脸的汗，斑点一粒粒动起来，往一块儿挤，整个脸像一只晃动的斑鸠蛋儿。有几回，小蔡打过来视频，想看看她，小丽赶紧把镜头关掉了。

我的精神家园

生活，真相，书写

我接触非虚构文体很晚，拿起笔来写则更晚。

第一篇是写给"澎湃新闻"的《一个乡村木匠的最后十年》，时间是 2018 年春天，其时对日益矫情的云山雾海的纯文学陡生厌倦。那算是由纯散文向写实文体的转型作品。

因为写的是我父亲，是我特别熟悉的乡村世界，我熟悉的人群和生活，写得很畅快，几乎不用去采访、调查，只需要准确地挖掘记忆的库存就行了。六千多字，大概写了两天。当时编辑老师给了文章很大肯定，在平台很快发出来了。

再写下一篇《他在寂静中喧响》时就没有那么顺利了，写的是贵州黔北山区一个农民坚持探索洞穴三十年的故事，就是我 2017 开始工作的旅游区附近发生的事儿。

喀斯特地貌诞生了许多地质地理奇迹，也诞生了别样的人群和民生。

主打景区的很多洞穴产品都是这位老人首先完成发现和探索的，他在探索中手绘了很多地图，有一张被法国洞穴研究机构永久收藏。我前后去了主人公家四次，采访、核实、挖掘。当时他几乎一夜爆红，江苏电视台、美国CNN都在采访、录视频。

我作为外来媒体的引导员，他们关心的问题我都一一记在心里，他们没有关注到的问题我用眼睛和旁敲侧击去核实。再者，对这片地理民生也需要深入了解，我跑遍了这个大山皱褶中的村庄。

人的丰富独特是与环境历史相辅相成的。前后几易其稿。这两篇文稿后来都收入在了《此与彼之间》一书。这本书收录了澎湃《镜相》推出的十九篇故事，它们共同勾画了时代命运下的一组人物世相图景，很好看，很有意思。

从和编辑的交流碰撞中，我知道了写出真正意义上的非虚构并非易事。严谨、客观、真实、立体、深度是非虚构文本的根本要求。

我读书非常杂，没有规划，也没有系统阅读条件。在我的阅读里，有一文一书对我影象特别深，一文是20世纪80年代末《中国青年报》上的长篇通讯《透过大兴安岭的浓烟与烈火》，一本书是钱钢的《唐山大地震》。

那种宏阔的场景、细微的细节、犀利的追问、发聩的力量让人非常震撼。

可以说它们对我后来的写作，甚至是观察与思考问题的态度方法都产生了极大影响，也包括影响到纯诗歌写作。

我的生活经验主要有两大块。一块是乡村生活，我的家乡在商洛丹凤县，一个叫峡河的小山村，这是一片两省三县的夹角地带，至今依然是中国最穷苦的地区之一。另一块是矿山生活。

如果说是秦岭把陕西分成了南北，在丹凤，一道猿岭把丹凤县分成了南山和北山。我家乡所处的北山是土地与各类资源最贫瘠的地方。我曾经查过族谱，我老家这片地方，有记录的人烟生活历史只有不到三百年。

我们的祖上为逃避兵乱，嘉庆年间，从安庆、九江一带千里逃命而来。我的乡亲们至今依然是一口江南方言。从中，可以看出这是一个多么关山阻绝的封闭世界。我二十五岁之前几乎没有离开过乡村，那些人畜物事，一枝一叶都深刻在了我骨头里了。

这是一座富矿，值得我写一辈子。家乡若说有文化，那就是孝歌与山调文化，它唱更迭兴亡，忠奸贤佞，婚丧嫁娶，四时嬗变。那悲怆悠远的曲调与内容，我在文本里不自觉常常写入。

距我老家最近的秦岭段是潼关至河南灵宝段，从80年代始，这里发现了储藏量非常丰富的金矿资源并开始开发，也是从那时起，我家乡的人群开始到矿山打工，这也几乎是他们经济收入的主要来源。

关于这片矿山的打工辛酸与生死，有讲不完的故事。我想努力讲出其中的一部分。

1999年腊月靠近年关的一天，天擦黑时分，我接到同学托人捎来的口信，灵宝某矿口矿上有一个架子车工的缺口，我当夜收拾好行装，弟弟打着手电，天亮时赶到了工人集结地。

矿口在灵宝朱阳镇朱家峪的一条岔峪里，大雪封山，经冬不化。洞巷低矮，高度一段一米七八，一段一米三四，像盲肠一样，宽不过一米四五，架子车勉强可通行。而深度达五六千米，内部布满了子洞、天井、斜井、空采场，像一座巨大的迷宫，它黑暗、恐怖、危险、潮湿，从南到北，秦岭被多处打穿，以至于熟悉洞道情况的打工者，根本不用翻山越岭就可以进出来往。

开始，因为没有别的技术和经验，我的工作是拉车，把炸药爆破下来的毛石或矿石拉出洞口。每天工作都在十小时以上。矿洞漆黑而低矮，为防止碰头，我总是弯着腰、低着头，昏暗的手电筒挂在胸前，汗水总是湿透了衣服。

后来，因为一些机缘，我改做巷道爆破。需要说明的是，爆破工这个行业很杂乱，并没有组织，哪里有活儿就往哪里去，同行之间互通信息、互相召唤。我几乎跑遍了全国所有有矿的地方，秦岭、祁连山、阿尔泰山、长白山等。我的同伴至今还有在塔吉克斯坦、印度尼西亚矿山干爆破的。

这么些年，经我手使用的炸药雷管大概要用火车皮来计。我写过一篇《一个人的炸药史》，我竟发现，我的爆破史几乎是一部民用炸药的制造演进史。因时常发生在爆破工身上的颈椎伤病，2015年春天，在西交大一附院做了手术，也因伤病，不得不离开矿山。到此时，我在矿山整整工作了十六年。

我写诗歌很早，高中读书时就开始写，后来去矿山打工，虽然写得少一些，从没中断过。这段时间读书多一些，寂寞的时间要打发掉，而矿山总是连信号也没有，寂寞又荒凉。这期间还读过《资本论》。几乎也没什么目的或者说功利，就是打发无聊。

乡村生活与矿山生活贯穿了我大半生的时光，它们彼此独立又深深勾连，共同建构了我的人生与记忆。特别是后者。《黑山往事》《一个人的炸药史》等都大量写到。这是自觉地，又似乎是不自觉地写着。

我有时会在朋友圈分享一些我写的故事，读者反响很好，常有人留言或交流，他们没有把内容当文学文本，而当成了生活的一部分。有些故事与他们或他们亲人们的生活命运交集相叠。读者早已厌倦了精致、雅驯、矫情的所谓纯文学文本。他们想看到一些真实的部分。

我没有能力去批判当下的文学，我想说的是，我们从《诗三百》中的《风》《雅》《颂》里，从唐诗里，从宋词里读出对应的那个时代的风雨与光影，读到生活和人的愿景，但我们当下的文字给人却是琐碎的、模糊的、改造加工的。

这大概是这些年非虚构文体日益得到重视的原因之一：人们需要真实和真相。真的，正是美的和善的。哪怕这真相有些残酷。

非虚构文本我觉得比纯文学难写得多，也很难高产，从来没听说过高产非虚构作家。"非虚构"三个字就限定了你，读者的眼睛也是雪亮的，一下就能看出种种破绽来。你首先要有那些生活，那些深入骨髓的体验，在不熟悉的环节上要做田野调查，要停下来去收集、去寻找。

你的文本要给读者足够的信息，生活的信息，命运的信息，人物心灵世界的信息。当然，这也是其他文章体裁的要求，但它们有虚构的自由，而你这些必须建立在真实的基石上。非虚构写作的自由是相对的。

写作的意义是记录，记录的意义是看见，看见那些烟云，那些深埋的、遮蔽的部分。生活本来是平面的、散乱的、出人意料的，它并没有什么逻辑，也没什么了不起的意义，意义只在阅读者、看见者的心中。

在表达上，我喜欢疏朗一些的结构和语言，在有限的文字里，赋予更多的内容信息，因为读者的阅读思维可以跳跃过很多细节，他们会在大脑中重构故事和场景还原。这可能与我多年写诗有关，追求内容的张力。

其次，我尽可能表现得冷静一些，试图用冷静抵达客观。爱恨情仇与思想，尽可能深藏其间。

非虚构是一种独立的文体，是一种界于新闻与文学之间的形式。但它骨子里并不是一种新兴的文体，《晋书》《汉书》其实都是一种非虚构文本。为了阅读和交流的需要，文学的元素非虚构应该具备，这是完成传达的需要，任何文体，都只有获得阅读才能完成表达与传播。怎么样去搭建结构，这一块，是我最费苦心的，怕一不小心，记成了流水账。

　　不管作家还是诗人，唯有足够的文本辨识度才能建立起更有效的交流通道。我想把作品写得独立一些。当然真实客观深度才是王，因为，每一条路都有规矩下的方圆。

香椿

　　岳父家门前的竹园里，有一排树：香椿。

　　岳母说，这些香椿，是你爸二十几岁时栽下的。岳父已经七十有三，算起来，这些树也该五十有余了。说不上枝繁，但参天够了。五十年风雨，五十年椿芽丰盈，对于一户清贫人家，它同园中的竹子、院里的鸡狗，已成为日月的一部分。

　　香椿好吃，但食期很短。谚云：三月八，打椿芽。又云：雨前椿芽嫩如丝，雨后椿芽生木质。过了谷雨，木质长出来，叶芽变柴，就不能吃了。为什么说打椿芽而不说摘？原来香椿树最速生，不几年就高而大，但脆，非常容易折，这对于上树采摘的人来说，非常危险，聪明有效的方法就是用长长的竹竿打下来。

　　老家有一套完整的打椿芽的方法：椿芽长到三四寸长时，这时椿头最稚嫩，根蒂尚不稳。选一根细长的竹竿，要两头粗细差不多的那种，竹根那头用快刀开一个 V 字形的口，形如张开的两根手指，掐住芽根，轻轻一扭，把竿收回来，芽就稳稳地收到手里了。如果这个时节突然一场暴风骤雨，最好不过，拿一个筐，树下尽情捡拾即可。可谓真正的不劳而获。

有一种树，其叶其梗与香椿非常近似，近闻，清香中夹一股臭味，这就是刘秀错赐为王的臭椿。书上叫樗，属椿里的水货。漂了水，处理好了，也能食用，但其滋味远不能与香椿相比。听老辈人讲，"瓜菜代"的年月，苦臭的臭椿被发明出很多吃法，也救过许多人的命。

还有一种叫旺椿的树，芽不能吃，多生于野山中，开一种花，奇香无比，可入药，市上收购很贵，晒干泡茶能治头晕失眠。早些年，建土木结构的房子，正梁一定要用三椿材，香椿、臭椿、旺椿，得三椿好材不易，常常寻遍五山六壑，耗时耗力无计。

民间还有一个传统，就是用香椿板材打家具，据说可以防虫蛀，也有一种愿望在其中。家境好点儿的女孩子，出嫁时，一定要有一对椿木箱子的，用作嫁妆、衣物、针头线脑的收藏。在卧屋的箱架上，日拭一遍，由青春至暮年。亲人离去，会想，老人家还在呢，你看箱子还在呢。待到自己走时，会告诉儿女，箱子我带走了哦。为的是不为儿女留下悲伤和想头。

我祖上从安庆讨食到商山，迢迢千里，几生几死，唯一没丢的就是一口椿木箱子。在祖上心里，椿就是春，有春在，就有子孙不绝、秋来丰旺的希望。1999年春天，村里开山取土造田，挖出一口木箱，腐败不堪，砸碎，有人认出是椿材，可见这个习俗颇久远。

香椿除了广为人知的炒鸡蛋、炒肉片，还有一个食法——嫩芽拌豆腐：鲜嫩的椿芽焯了水，切段，拌以清白的豆腐，放入盐、蒜泥、辣面、野葱，浇上麻油，真是简单又实用。有一年，在秦岭深处的矿上，生活清苦，三月不知肉味，我们就采来满山的椿芽炸面饼吃，那香味，真是当得肉味。后来，为了保存，大家窝了满满一罐的浆水菜，一直吃到八月秋凉。

有一曲山歌唱道：

山芽菜，点点黄，
细细妹，嫁老郎。
只要老郎有饭吃，
管他胡子扁担长。

那点点黄的山芽菜，就是香椿。

挖莒记

2016年初冬,我写了篇小散文《莒》,发在《中国安全生产报》副刊上,江阴一位读者打电话到编辑部转找到我,从此,年年都要为他挖一回莒。

今天早上又接到他的电话,告诉我去年收到的莒已经所剩不多,怕吃不到一年,再给挖一点寄过去。他是一位工人,在一家无缝钢管厂上班,五年前做了胃癌切除手术。他把莒切片,晒干,保存起来,每次煮粥放一两片。

电话这头,我能清晰听出他身体的无力感。这种身体的无力感这些年我时时听见,我母亲食道癌已经九年,她每一次和我说话时,我能感觉到上一句与下一句衔接的断裂、错位,像一条溪水,被一些石头一些水草阻断、变向。说话者无论怎样努力掩饰,身体的衰败都被透露。

按照季节,莒早过了采挖期。莒就是野生的山药,生长环境、采挖周期与人工的山药没有什么区别，最好的采收季节是10月，区别只是它的滋补性。它喜生塝坎岩畔，可遇不可求。我规划了十几条出行路线，又被自己一一否定，最后，还是决定去东山。邻居家的大黄，正好做我今天的伙伴。

2015年那场颈椎手术后，我就很少上山了，虽然每年总要回来几次，但我的生活与这片土地似乎已经没有多大关系。山上的路，长满了杂树和荆棘，路面被雨水冲刷得棱棱沟沟，这条我们少年时放牛背柴的路就要彻底消失了。

此前走这条路记忆最深的那次，我十九岁，我和父亲从东山的阴面给他抬棺板，板材是三寸厚的野板栗树，非常沉重，我抬着大头，他抬着小头，一步步往山顶爬。如今，这些板材已入土五年，大概已朽烂为土了。

上到山顶，大约用了一个半小时，我不能走得太快，太快胸口有爆炸感。大黄走一阵，坐下来等我一阵，这是一条懂事的老狗，有一身斑杂的毛色。其实这也不是山顶，是一个垭口，垭口的东面是绵延的群山，苍茫无尽，一直铺排到天边。垭口下有一片屋基，废弃已久，一口水井还在。三十年前，这里住着一对老夫妻，屋墙边有一棵桃树，桃特别甜。

从这里可以俯瞰整个村庄，天阴着，雾气朦胧。我用手机拍了一组图片。图片里，几座房子包裹在荒草里，一片庄稼地都没有，连我自己都不能相信，这里住着人家。

苕的秧子已经干枯得难以识别，手一碰就断落几节。在一块岩畔下，积着厚厚的浮土，这是常年落叶沉积的结果，我用锄头把土翻过来，里面是一窝苔块。它们粗的如拇指，细的像豆角，靠岩石的一面，完全是岩石的拓形。一连翻了几块岩窝子，都没有发现大块的。

天晴了，大雾散尽。离家越来越远，我知道，再翻过一道梁就是别的村界了。小路已经完全消失，根据地形，大致还能判断出昔日的路向。奇怪的是网络信号越来越强，大概是山高的缘故吧。我想起了矿山那些年茫茫大山中没信号的日子，其实就算是有信号，那也是与世界断绝的生活。远远的山那边有一道更高的岭，可以看见一条公路，盘盘绕绕，从玻璃的反光可以判断有车在疾驰。那里，通往县城。

终于又找到了一株，藤秧很壮，下面一定有一只大苔。挖到一米深，仍然没有挖到苔块。苔的特性是见土下扎，它似乎永远离锄一寸之遥，像一个谜。

苔并不稀缺，似乎遍地都有。有一年，在小秦岭杨寨峪背矿石，发现了很多苔。杨寨岭又高又猛，南面是朱阳，北面是故县，岭上的界旗每月要更换一次，换下来的旗布被风吹得千疮百孔丝丝缕缕。

站在岭头，可以远远看见黄河在山下奔流。杨寨岭上的矿石品位很高，随便一块，能看到细小的明金颗粒。岭下是村子，村里有铁碾，背出来的矿石运到村里提炼加工成纯金。那时候，岭上住着数不清的背矿人。

那时候，杨寨岭几乎被采矿作业一劈两半，资源告尽，被完全废弃了。矿石的来源是那些留下来的矿石柱体，这些粗细不一的矿柱支撑着大大小小的空采场。背矿人用炸药把它们炸到更小或者炸掉。

有一天，我们发现了一根矿柱，山体的压力太大了，柱子被压得不时崩裂一块。这是一支高品位的柱体，但谁也不敢靠近放置炸药。队长说，谁今天把它炸下来，奖一千元钱再加那根山药王。背矿队的铁皮箱里有一根山药王，一米长，胳膊粗，那是炊事员挖党参时挖回来的，灶上一直不舍得吃，视为镇家之宝。

那一天，那根矿柱到底被炸下来了，英雄是小个子老张，他是卢氏人。那一天，我们都喝上了苔汤，汤里放了枸杞和白糖。我记得老张说过，他家住的地方叫百草漫，紧临着洛河。按年纪算，现在老张大概已经不在这个世界了。

接到一个视频电话，是潼关那边打来的。潼关的金矿开采早已近尾声，山体空得不能再空，但仍有小型的采挖。张成说过年没有回家，矿上要求就地过年。我问混得怎么样，他说可以，已经翻了十几吨矿石，准备过几天拉下山上碾子。

翻矿就是在塌陷的矿洞乱石堆里翻找有用的矿石。乱石堆巨大无边，直抵洞顶，翻矿人拖着口袋，在乱石缝隙里蛇一样爬行，如果乱石垮落，就永无退路。

江阴那边还在等着我的苔，今天不能完成任务了，明天上西山吧。我想告诉远方的朋友，苔并没有那么好的滋养力，它只是普通的类似于土豆的食物，想想，又放下了电话。

大黄不辞而别，此刻，大概早已回到了它的狗窝。

在一棵山楂树下躺下来，树已显老态，地面积叶如棉。几十年前，我和一群青年曾这样躺过，因为机缘，我又一次躺在了这片与青春有关的地方，而他们星散天涯，躺身在各自的世界，身下铺满欲望与无望。

生活有味是清欢

又是一场寂寞的长旅，从西安慢火车到遵义，十九个小时。不是没有其他选择，动车年前已经开通，只需六小时，但是太贵了。所幸的是，这回购买上了卧铺票。

巡视床头的书堆，随手拿了《生活，是很好玩的》，汪曾祺的散文集，到手了半年多，一直没有时间细读。这下正好，都是短小的篇幅，寂寂长途，正好打发疲顿和孤单。

其实，读汪曾祺先生的书很早了，20世纪90年代初高中毕业那阵子，在家无事可干，一边放牛，一边读了他的《受戒》《大淖记事》《黄油烙饼》等，那纯中国化的，民间趣味的物事让人十分喜欢，从那时就记住了他。

十九小时，车轮铿锵，无尽风景与苍寥民生如幻影般从窗外移过、移过，江山并不如画，黄尘掩着故道。一口气，读完了《生活，是好玩的》，正是他一本书名的感受：淡，是最浓的人生滋味。作者作为小说散文家的身份从文字中退出，显现在眼前的，是一位生活家。热爱生活，多才多艺，甚至，俨然一个吃货。

从书中，可以看到，先生一生颠沛动荡，却写出了所有人没有的闲适与从容，一草一木，一花一叶，一茶一饮，那么生动有味："红小豆最大的用途是做豆沙。北方的豆沙有不去皮的，只是小豆煮烂而已。豆包、炸糕的馅都是这样的粗制豆沙。水滤去皮，成为细沙，北方叫'澄沙'，南方叫'洗沙'。做月饼、甜包、汤圆，都离不开豆沙。"

汪曾祺生活的时代，是一个物质贫乏的时代，因而每一件微不足道的食材，物景，细小的生活情味，都被他无比珍视，于他而言万般皆是情。从平平常常的生活细物中，他深得其中的乐趣。

《生活，是很好玩的》，内容庞杂，地理上从南到北，时间上从八九十年代到遥远的西南联大时期。生活实苦，人生实难，但这些苦涩被他和平纯真的文字气味遮过了。他不是无视，而是真视，直达珍视，所以他温厚而淡泊。这正是他经历了人事浮云后的潜静态度。你分明感到，他和生活和解，但也有对抗，不是大刀阔斧，而是细雨微声地拆解。

他显然古文诗词功夫深厚，整书里，有大量诗词的运用，大部分又是他的即兴。或清脱自然，或出章悖法，又无不恰如其地其情其分。让人惊叹：原来诗也可以这样轻拿轻放地写。随手来，随手去。正是李清照对诗词所主张的"别是一家"。

大道至简，大音稀声，这是我对汪曾祺散文的最深感受，也许他并无刻意地追求，但这一古老的哲学或者美学境界在他的笔下得到了最美的实现。它法无定法，不拘一格，随开随合。像聊天又像自语。旁征博引信手无痕。有的篇什，竟短小到百多字，除了他，没有人敢这样写。这是顽皮，也是自信。

汪曾祺写花写草写风写雨，写一食一筝，还是在写人，人的生活、命运，人的喜怒哀乐贯穿其中。同是写人写物写人间杂事，他与明清笔记又不同，每一笔都十分贴近物体、人心，温暖、轻柔，里面充满了作家的体温。

写到这里，我想抄一节《夏天》里的文字，也是读到的他最有趣的一节文字，写的是栀子花，但分明就是他本人，他的好玩和桀骜：栀子花粗粗大大，又香得掸都掸不开，于是为文雅人不取，以为品格不高。栀子花说：去你妈的，我就是要这样香，香得痛痛快快，你们他妈的管得着吗？

慵懒

我是个慵懒的人。

从小，就有赖床的习惯。天不亮，家里人早早起来了，农户人家，永远有干不完的活儿，对付不完的事情。他们叮叮咚咚，吭哧吭哧，从东屋收拾到西屋，从屋子忙活到外面。

慢慢地，脚步声，锄具的磕碰声，父亲的烟香味，渐行渐远，一点点儿消失，最后，一切归于寂静。他们上山或下地了。

这些，我都或蒙眬或清醒地看见，也想起来帮他们一把，可身体就是怕动，赖在被窝里，天上地下，古时今岁的胡思乱想。为了不被揪耳朵，我就用提水、扫屋子、做早饭补过。趁他们从地里回来前，做好这些，以致后来成了家里的小小专职炊事员，常常得到比哥哥更多的表扬。

后来上学了，家和学校距离甚远，不起早不行。但我也有办法，那就是用速度弥补。村子里的小伙伴已经到了半道，我从后面俯冲下来，及到教室时，已跑到了他们前面。不过兔子虽快，也有败给乌龟的时候。

有一回，下大雪，冷得不愿伸手，同学们叽叽喳喳地从门外过去了好半天，父亲吼了十几嗓子，我才起来。坏了，这回用了上树的力气也没追上，学校已经上早读课了。

我情急生智，抓起几把雪抹在胸前，老师让我站在讲台上，问为什么迟到，我说下雪路滑，摔了十几跤，就迟到了。

老师正要让我回座位去，谁知二狗子眼尖，大喊，老师，他骗人。老师问他哪里骗人，二狗子说，他懒，天天早上都比我们起得晚，老师你看，摔跤哪有后背没雪胸前都是雪的？老师恍然大悟，让我讲台边站了半早晨，融化的雪，把前胸的棉袄浸湿了半截。

我的妻子，全村著名的勤快人，真正的不叫浮生半日闲。也不知道她怎么有那么多干不完理还乱的事体。日子催人老，在她，是事体催人老。

有些事，我看来是不用干或不屑干的，她偏偏干得卖情卖力，比如家里园子里的西红柿，明明生长得很旺盛，她总要每天侍弄一遍，一次次松土，一个个地把果体摆顺。

不过我也常常暗自庆幸，没有这个人的勤快，我恐怕吃饭都是冷的。以我，虽然物质上不一定太过缺乏，但床一定天天是乱的，衣服一定是皱的。

我从来没有打过领带，一个是不需要，一个也是怕麻烦；我穿的鞋子，都是没有鞋带的，一脚蹬，简单。我看的书，都是随看随扔，散乱地堆塞在床头，对于内容，也是翻到哪本是哪本。对此，妻子深恶痛绝，常常扬言要把它们当柴火烧掉。在矿山这些年，我床上的被子都是铺展着的，我不愿叠被子，觉得叠也是白叠，反正到了晚上都要铺开来。到了冬天，别人上床总是冷得吸气，我钻进去，还有一丝丝温暖。

再比如我的工作，我的工作是巷道爆破，就是在岩石上打眼填充炸药把石头爆破下来。这是个体力活儿也是技术活儿。我总是千方百计少打眼少填药。

相同的工作面相同的岩石，别人打二十个孔，我打十五个孔，为了又快又省，我睡觉都在琢磨，分析岩石的性质，布局炮孔的位置、密度。

一月下来，我总是因使用材料少、工程进度高效受到老板夸奖，工资也因之高出一截。在竞争日益激烈的爆破行当，找到自己的一份饭碗，殊不知，这也有懒的功劳。从某种程度上说，它也激发了我的创造和灵感，据说，世界上的发明家原初都是懒人，著名的证据之一就是发明织车的黄道婆。

懒有时候也会救自己的性命。

2006年在马鬃山，甘蒙交界，风吹石头跑。我们几个人接了一个千米的巷道掘进工程。虽然一个矿洞的巷道可能有几万米，但它是由若干人若干时间叠加完成的，铁打的工队流水的工人，时间轮转里，不知道换过多少人。一条千米支道，几个人接手完成，这种情况不多见，所以对于我们来说，算一个大工程，工期计划一年。

工程的开始也是马鬃山冬天的开始，对于兰州，对于向东向西的河西走廊，冬天还很遥远。一场雪落下来了，它覆盖了山山岭岭，在宿舍区铺下一张肮脏的白布。工资是美好的，但通往它的每一步工作都像翻山越岭。我们的床头上都绑着一部电话机，它通向工程中心和矿洞工作面，像一条神经线。在一次次睡梦中，它让我们心和身子惊醒并跳起来：又要上班了！

那个早晨特别早也特别冷，大家坐在床上啃了馒头，吃了咸菜和粥。煮饭师傅是个好人，他可怜我们的苦和冷，常把饭端到我们床前。天光从蒙古包的缝隙里打进来，一阵三轮车响，渣工下班了。我的上班袜子怎么也套不上脚，它太湿了，结了薄冰。昨晚它从晾风的钉子上掉到了地上，错过了干燥的机会。

在我们三个接近工作面时，爆炸发生了，那是一颗漏炮。起飞的石头像子弹沿着炮管般的巷道喷射而来，它们在洞壁上撞击、飞散，到我们身边正好成强弩之末，其中的一块，只是击穿了走在前面那个人的大裤裆，他毫发无损。那时候使用的还是导火索，它常常导致迟爆。关于迟爆，它一直是个谜，以我们的知识无法完全找到答案。有个故事，说有个人头一年点燃的炮，第二年把他炸死了，我们没有人把这事当笑话。那个人年三十夜在一个有明金的矿柱上点燃了导火索回家过年去了，待初一夹着袋子去背矿石，恰到了地点炮响了，导火索燃了一夜，他到的一瞬，火接上了雷管。

那天，他们两个哭了，说是我的袜子救了三条命。我想说是我的慢和懒救了人命，但我没好意思说。那双骆驼牌袜子我再也没有穿，他们后来一人一只，带回了老家。

慵懒培育出了我的简单和务实主义，我做事总是以实用有效为好，以不麻烦为准则，以至于我的人际关系也简约到了极致。有一回，一位做官的同学打电话请我吃饭，我都不知他是谁，而他几乎认识所有的三教九流。

我一直不认为慵懒是优点，但也从来没有把它当成缺点看。这个世界，需要快速的勤，也需要缓慢的懒，就像河流需要奔流也需要平静，简单比复杂更有丰富的内蕴和本质。

也许，慵懒才是生命需要的真正的诗意栖居，在这个成功学肆虐的时代。

年

我至今没有太弄明白，年确切是指哪一天，是旧一年的结束日还是新一年的开头日？从年三十这个具体的时间看，年，应该是旧一年的结束日。

老家人说：欠账不过年三十。就是说手头再难，这一天，也要把这一年的欠债还清了；这一天训孩子就说：知不知道今天是年三十？意思是这一天很不同寻常，再不安分的人，都要有个人样子，再端不动的事儿，都要放下。

这一天就成了一年最祥和的日子。过完了年，一切重新开始，重新折腾，该哭的哭，该笑的笑。

和我一样糊涂的人不在少数，所以就有过错了年一说，不是传说，是真的有人过错了，把春节当成了年过，前者是开始，后者是结束，看着差那几个时辰，却似乎谬了千里。这事儿成了一年里的笑料。错了，当然也没办法，下一年从头再来。

我们这个村子的历史很特别，像一场恍惚的梦。据祖谱记载，最早的先人们自南方逃来，那时候南方闹太平军，先人们纷纷跟着起事，有屯扎在安庆的，有屯扎在九江的，后来失败了，战死的战死，没战死的被官兵一路追杀。他们一路逃跑，顺着长江、汉江、丹江，逃到了这伏牛山与秦岭纵横跌撞的角角里，来了，占地划界，刀耕火种，一住二三百年没动窝。

我很小的时候，记得人们是唱花鼓戏的，那腔调掺杂了本土的孝歌腔，悲苦又苍凉，已不纯然是花鼓了。他们上工唱，下工唱，早上唱，晚上唱，生老病死都唱。那时候，空气里总是飘着花鼓的悠长味道。但最热烈的，是年这天。

年夜饭一定在晚七点到九点吃，很少有早的，也很少有晚的。七八个菜，主食一律是白米饭，越干越好，不能稀。虽然这儿一亩地只产三百斤麦子，土地少得可怜，但早些时候，生产队都有一片儿水田，收多少算多少，只求个有，并不敢奢望丰收。

有的地片一二分，有的三四分，加起来，每年每户能分到三四斤稻子，包裹起来，吊在屋梁上。到了过年的前一天，用石碓捣了，白花花的米，白得让人心疼；三十夜，一锅煮了，那清香，从肉到骨头，能弥漫一年。

吃了年夜饭，大人小孩都不睡，叫熬年。年年难过年年过，生活，就是个"熬"字，似乎熬过去了这一天，一切就好了。我们熬着年，年也在熬着我们。场子里点起柴火，火光冲天，人们开始唱花鼓。我至今记得一些唱词：

我家住在大桥头，
取名就叫王小六。
去年看灯我先走，
今年看灯又是我打头。
不觉来到自己家门口，
叫一声老婆开门喽！
……

或者唱：

小刘海在茅棚别了娘亲，
肩扦担往山林去走一程。
家不幸老爹爹早年丧命，
丢下了母子们苦度光阴。
心只想讨房亲撑持门庭，
怎奈我家贫穷无衣无食。
……

若干年后，我到了河南灵宝，我们一群人风一样吹来这个小城，又将风一样吹向抬首可见的小秦岭的沟沟岔岔。那里，盛产黄金。在一条街角上，听到一群箍铁皮水桶的人唱曲子，那唱调比我的父辈们要纯真得多，才知道这前一段词叫《夫妻观灯》，后一段叫《小刘海》，才知道他们是安徽人、湖南人。

在丹江以北，所有的年夜估计都差不多，不同的是这天的白天。我们村子的主要任务之一是挑水。

我们这个小村有三十户人家，孤零零地铺在半山上。村子只有一口水井，五尺见方，深大约三尺。这是一口泉井，水来得慢，如果同时来挑，轮不到头就没水了。祖上的习俗，正月初五前不倒垃圾、不挑水，这天，家家水缸都要满盈。泉有来路也有去路，为了减少损失，井边水桶就不能断。男人们抽烟，女人们说笑，一挑桶来，一挑水去，走马灯似的。

有一年下雪，先是雪片后是冰凌子，地上滑得像泼了油。有一个女孩，十三岁，她挑着一担木桶来挑水，穿着新织的红毛衣，好看极了。她摔了一跤又一跤，木桶摔漏了，她不敢回家。一个男孩把水桶提回家，用父亲的木匠工具修好了，重新装满了水，送她到家门前。那个女孩后来成了男孩的妻子。

我出生在大年三十夜八点，一年最后的月份和时间。有一年，我妈偷偷请了算命先生，那人也不用细算，就说，这个日子出生的人命不行。为啥？全世界的神和人都放假了，都忙着过年去了，谁也顾不上你，你只有自生自为。

我不大信命这个东西，又似乎一语成谶。几十年里，关山万里，长风秋雁，我总是一个人在走，从不敢有多余的奢望，也不敢有半点儿的懈怠。因为匆忙，总是到了遍地的爆竹响起我才恍然，哦，又长了一岁！

2016年除夕夜，一家人围在一桌吃年夜饭，屋子旺着炉火，窗外大雪飘飘。

八岁的小侄女突然举起手里的饮料杯，高声说："祝三伯生日快乐！"这是第一次有人这么正式地祝福我，她是个对岁月还没有感觉的孩子，我猛地心头一暖，接着眼眶一热。

这个瞬间被作为收官镜头记录在了纪录电影《炸裂志》里，由于太复杂，这部自生自为的电影仿佛像我经历的无数事物一样，在风尘里云消雾散了。

生活和时间，有无数开始、无数结束。年，对于很多人，是一个分水岭，而很多人，并没有开始或结束，像永远的流水，只有流淌。

代后记：再低微的骨头里也有江河
——在耶鲁大学《我的诗篇》交流活动上的演讲

陈年喜

我出生在西北秦岭南坡一个叫峡河的小山村，那里至今依然是中国最穷苦的地区之一。我在这片荒凉贫瘠的地方度过了童年、少年和青年的大部分时光。

1997年，我结婚了，我的妻子是一位很普通的乡下女人，她非常勤劳，每一天都在土地和家里从事那些繁重的劳动，不肯浪费一点儿时间。那时候中国的打工潮已波及多数乡村，但我所在的村子信息闭塞，还很少有人出去打工。

1999年，儿子出生，我和妻子用了最大的努力劳作，然而除了土地产出的粮食、蔬菜供全家食用，杀掉家里的猪到集市上换一点儿钱之外，几乎没有其他收入。

后来，我在一家报纸的副刊发表了两首诗，得到四十元稿费，买到几袋奶粉。然而，我的诗只发表了那一次。直到2001年暮冬，儿子一岁半，在我的记忆里，那几年是非常糟糕、充斥着沉重压力的年份，我们一直为钱而痛苦。我发现，邻居们开始有人出去打工，后来陆续有人捎钱回来。他们多是去西秦岭南坡的金矿。一天，天擦黑时分，我接到同学托人捎来的口信，矿上有一个架子车工的缺口，我当夜收拾好行装，天亮时赶到工人集结地。

如果不是亲历，你一辈子也想象不出矿洞的模样，它高不过一米七八、宽不过一米四五，而深度常达千米、万米，内部布满了子洞、天井、斜井、空采场，像一座巨大的迷宫，黑暗、恐怖、危险、潮湿。开始，因为没有别的技术和经验，我的工作是拉车，每天工作都在十小时以上。

矿洞漆黑而低矮，为防止碰头，我总是弯着腰低着头，昏暗的手电筒挂在胸前，汗水总是模糊了眼睛。后来，因为一些机缘，我改做巷道爆破，这可能是世界上最危险的工作之一，总是与雷管、炸药、死神纠缠在一起。

这么些年，经我手使用的炸药雷管大概要用火车皮来计。因时常发生在爆破工身上的颈椎伤病，去年，我接受了一笔捐赠，做了手术，也因伤病，不得不离开矿山。到此时，我在矿山整整工作了十六年。

在那些矿山的日子里，我常想，我们忍受着寒冷、孤独、辛劳、痛楚，给大地留下一道道伤口，而挖出来的那些矿石都去了哪里？我看见合金的窗子、空调里的铜、一切建筑物里的钢，还有那些金银饰品。那些我和工友兄弟们用汗水、泪水甚至性命换来的金属，建造了北京、上海，抑或纽约、波士顿。

不久前的那场颈椎手术中，三块金属被植入我的颈椎第四、五、六节处。这精巧的部件，据说是美国生产的，很有可能，它们就是经我爆破而得见天日的一块矿石，被拿到遥远的美利坚变身医疗用品，再远渡重洋成为我身体的一部分。如果金属会说话，它将给我们讲一个什么样的故事？

在十六年的矿山生涯中，我比普通人见过更多的死亡，或者至少，那些在爆炸的一瞬间飞舞起来，大块的、拥有巨大速度的石头，会夺走你的一条腿，或者身体的其他部分。我那个只有八户人家的村子，就有三人死于矿难。

如今，我很庆幸自己仍然肢体健全，虽然风钻已经令我耳朵大半失聪，颈椎也错位了，但毕竟从表面上看，我还是完整的。

20世纪90年代，我开始写诗，稀稀拉拉竟然快三十年了。

很多人好奇：你的生活几乎与诗万里之远，怎么会坚持这样一件无意义甚至是矫情的事情？我想说生命并不是完全讲逻辑的，尽管它有逻辑的成分在。

再"低微"的骨头里也有江河！我写，是因为我有话要说。

我知道在这个世界上，相当多的人，甚至是打工者的妻儿亲友，对工人的劳动、生活等种种处境，可能都茫然如梦。这其实是一个无限隔膜的时代，代际之间、国家之间、命运之间竟是那么遥远。

我从《诗经》以至流传至今的经典诗歌里，看到文字背后的时代和世道人心，以及那些悲苦和愿景。真正的诗歌是一种现实和心灵的"史记"。

　　我们这些"低微"的骨头，在中国、在越南、在土耳其、在巴西，一根根杵着，和那一块块金属一样。它们的声音被风吹散了，或者只会用沉默来表达。毕竟这个世界有七十亿人，能够发出声音被人听到的不足万分之一。那些沉默的灵魂，当他们终于能发声时，他们能讲些什么？

　　受限于才情与艺术修炼，我的诗歌是粗粝的，但它不浮浪、不虚伪、不罔顾左右而言他。我希望它是一块有温度的金属，在骨感的时间上，有一丝自己的划痕，当浮云远去，后来者能从其中看到这个无限遮蔽迷幻世界的一鳞半爪。

　　谢谢大家！